長門有希ちゃんの消失 とある一日

著 新木 伸

原作漫画・カバーイラスト ぷよ

原作 谷川 流

キャラクター原案 いとうのいぢ

The Disappearance of Nagato Yuki-chan

角川スニーカー文庫

長門有希

北高の一年生。文芸部の部長。
普通の女子高生。

キョン
北高の一年生。
文芸部員。

涼宮ハルヒ

光陽園学院の一年生。

朝倉涼子

北高の一年生。文芸部員。

朝比奈みくる

北高の二年生。書道部員。

鶴屋さん

北高の二年生。書道部員。

古泉一樹

光陽園学院の一年生。

長門有希ちゃんの消失　とある一日

著：新木 伸
原作漫画：ぷよ
原作：谷川 流
キャラクター原案：いとうのいぢ

角川スニーカー文庫

19098

CONTENTS

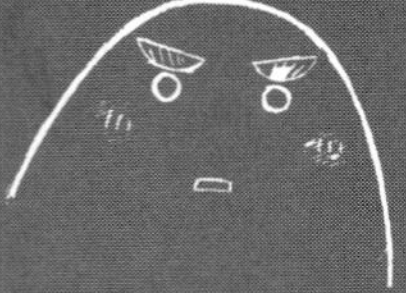

○月×日 とある一日

日直

白石 国木田

登場人物

キョン
北高の一年生。文芸部員。

長門有希
北高の一年生。文芸部の部長。
普通の女子高生。

古泉一樹
光陽園学院の一年生。

朝倉涼子
北高の一年生。文芸部員。

涼宮ハルヒ
光陽園学院の一年生。

鶴屋さん
北高の二年生。書道部員。

朝比奈みくる
北高の二年生。書道部員。

敬語

いつもの放課後。いつもの北高《きたこう》の文芸部の部室。

今日の部室では、いつもと変わらない感じに〝部活動〟が行われていた。

長門《ながと》と朝倉《あさくら》と、そしてキョン。三人で同じ空間に居合わせながら、めいめいがそれぞれ、別のことをやっている。

キョンは本を読んでいた。文芸部の部室には本棚《ほんだな》がある。先代、先々代の顔も知らない誰《だれ》かの置いていった本を、とりあえず、棚《たな》の上の段の、左の端《はし》から順番に読んでいた。

たいてい小説が多いが、教養書もある。テロリスト対策マニュアルなどという、この平和な日本でそれはなんの役に立つのかという本もある。今日、手にした本は、たまたまライトノベルだ。だがさすが、昔の部員たちの遺産。セレクションが少々古くさい。まあ十年以上前に流行していた古典を読むのも、なかなかにおつなものではあるのだが。

朝倉はレシピ集を開いていた。料理の本だ。分厚い百科事典のようなレシピ集を広げて、そのページを食い入るように見つめている。

太目の眉《まゆ》をきりりと寄せて、真剣《しんけん》に見入る姿は、勉強に勤《いそ》しむ優等生の趣《おもむき》がある。しかし耳をよく澄《す》まして聞いていれば、口から漏《も》れ出るかすかなつぶやきが、すべてを台無しにしている。

「……うふふ。ほーら長門さん。ちくわ。ちくわ。おいしいですよー」

ちくわを勧めている。

「……ふふふっ。ふふふふふっ。がんもどきもとってあげましたからねー」

がんもどきをとってあげている。

おでんのページを眺《なが》めつつ、朝倉がおでんの妄想《もうそう》をしているであろうということは、想像に難《かた》くない。

長門はゲームに集中していた。朝倉の妄想つぶやきごときで、その集中が破れることはあり得ない。

「なあ。朝倉」

放《ほう》っておいても害はないし、面白《おもしろ》いのであるが、キョンはあえて朝倉に話しかけた。

「なに。キョン君？」

朝倉は一瞬《いっしゅん》も空けずに、極《きわ》めて明朗に返事をしてきた。寸前まで妄想に浸《ひた》っていたことなど、まったく窺《うかが》うことはできない。

「いやそれはいいんだが」

「……？　なによ、それって？　なにそのひとりツッコミ？　新しい技《わざ》？」

「ひとつ聞いてもいいか」

「べつにいくつ聞いてもいいけど」

「なんで長門に話しかけるときは敬語なんだ？」

「え？」

朝倉は目をぱちくりと瞬《またた》いた。美人がやるとそんな仕草でも様になる。

「おまえ。長門に話しかけるときには、さん付けだし。ですます調だろ」

「そ、そうね」

髪《かみ》をかきあげつつ朝倉は言った。美人がやると——以下略。

「なんでだ？」

「え？　なんでって……？」

朝倉は考えこんだ。

こいつと長門の関係は、幼なじみもしくは親友であるということは、前々から知っている。だからずっと疑問だった。そんなに親しい間柄《あいだがら》であれば、普通《ふつう》、もっとくだけた物言いになるものではなかろうか。

「べつに……、理由は……ないわね」

自分でもよくわからない、という顔で朝倉は首を傾《かし》げる。

「ないのか」

「そう。なんとなく……、よ」

「理由はないんだな」

「ええ。ないわね」

「ではひとつ突《つ》っこませてもらうが」

「つ、突っこみ——は、いくつもは困るわよ。一つだけよ」

「なぜ俺と話すときにはタメ語なんだ？」

「べつに理由はないわね」

「ないのか」

キョンはため息をついた。以前からの疑問は、解決を見ることはないらしい。

「なぁに？　いやだった？」

「いや。べつに、いやというわけではないのだが……」

キョンは渋《しぶ》い顔をした。藪蛇《やぶへび》というやつだ。朝倉は面白そうに笑っている。

「素材でた。……けど。どうしたの？　二人とも？」

ゲームを終えた長門が、きょとんとした顔を向けてきていた。

ときに長門。朝倉は
いつもこうなのか？
なによ。こうって？
うん。たまに、
ぶつぶつ言ってるよ
うそっ！

めがねめがね①

いつもの放課後。いつもの北高の文芸部の部室。

規則正しくつづく吐息《といき》をペースメーカーがわりにして、キョンはページをめくっていた。すう。すう。すう。すう。——と、寝息《ねいき》が続く。それが六回繰《く》り返されるところで、キョンはページをめくる。そうすると読む速度とぴたりと合う。やはりマンガだと小説よりも圧倒《あっとう》的に速く読める。

寝息を立てているのは——長門《ながと》であった。

なにかで徹夜《てつや》してしまってお疲《つか》れの様子だ。机につっぷして午睡《シエスタ》の最中だ。

その寝息が五回繰り返されて、六回目と同時にページをめくろうと、指先を待たせていたのだが——。その六回目が、なかなかやってこない。

「ん……」

長門が身じろぎをした。小さく声をもらす。

「あれ？　私……寝《ね》てた？」

むくりと起きあがる。自分でも気がつかないうちに居眠《いねむ》りをしていたらしい。

「よだれ……、おっけ」

手の甲《こう》で口元をごしごしとやって涎《よだれ》チェックをしている。

キョンはこのへんで同室の朝倉《あさくら》と目線を交《か》わした。

気づかない振《ふ》り。見ていない振り。それを継続《けいぞく》するという合図である。

「あれ？……めがね。……めがね。どこ？」

長門はめがねを探しはじめた。

「ねえ……。めがね。さがして？」

まず話しかけられたのは、長門の保護者ないしは母親であるところの朝倉だ。

「ああ。はい。探しますね。長門さんも探してくださいね」

朝倉はまるでたったいま長門に話しかけられたことに気づいたかのようだ。さすが才女。演技力は完璧《かんぺき》だ。

「めがね……、めがね……」

長門は手を伸《の》ばして、机の上をぽんぽんと探《さぐ》っている。

キョン自身は視力は悪くないのでわからないのだが……。それほど見えないものなのか。

朝倉は探す振りをしつつ、そんな長門の様子を横目で眺めている。愛《め》でている――ともいう。

「……キョン君も、……探して？」

困り果てた顔を長門に向けられる。

「お、おう……」

可能なかぎり自然に振る舞《ま》った。

——が。

ぷぷぷ、と、朝倉が口を押さえて笑っているところをみると、演技としては下の下だったようだ。

椅子《いす》から立ちあがり、キョンは本棚のほうを探す振りをした。

「めがね……、めがね……」

後ろ側から声が聞こえる。長門がつぶやきながらめがねを探している。こらえきれずに振り向けば……。

手をぱたぱたと振って探す姿が見える。

「こんなところには……置いてないわよねえ」

朝倉も本棚のほうにやってきた。

二人で「GJ！」——とハンドサインを交わす。そしてもう堪《たま》らなくなって、二人で、ぷるぷると身を震《ふる》わせた。

探す必要などないのだ。

めがねは長門のおでこにあった。ずっとそこにあった。いわゆる「トンボめがね」という状態で、めがねをおでこに撥《は》ね上げたままになっているのだった。

「めがね……、めがね……」

長門は気づかない。まだ探している。

「めなげ……。めなげ……」

ついに「めなげ」になってしまった。

キョンは朝倉とアイコンタクトを交わした。

——どうする？　教えるか？

——だめよ。だめだめ。まだ……。まだもうすこし……。

言葉はない。だが目だけでそう云《い》っていることがわかった。

さすがに悪ノリしすぎだろうと思ったのだが、朝倉の長門を見つめる目つきは……。あれは——愛？　ぽうっと上気した顔で見つめている。

保護者公認《こうにん》で——キョンも長門の「可愛《かわい》らしさ」を堪能《たんのう》することに決めた。

もうすこし……。あとちょっと……。

長門が気がつくまで……。

ひどい。なんで
教えてくれなかったの？
ごめんなさい。長門さん
すまん。長門
キョン君がどうしても、
あとちょっと、
って、言うから……
俺のせいかっ。
俺のせいだったのかっ

古泉といっしょ

いつもの放課後。いつもの北高の文芸部の部室。

今日の部室では、キョンはなぜか古泉《こいずみ》と二人きりだった。

長門《ながと》も朝倉《あさくら》もハルヒもいない。鶴屋《つるや》さんや朝比奈《あさひな》さんも今日に限っては乱入してきてくれない。

古泉と二人きりで、間が持たない。まったくといっていいほど持ってくれない。

小説を読む古泉の向かい側の席で、キョンも本を読んでいた。読んでいるのは小説だ。

べつに張りあっているわけでもなんでもない。

本日の順番が、ただ偶然《ぐうぜん》そうだったというだけの話だ。

文芸部の本棚《ほんだな》に置かれている本を、左の上から順に読んでゆくことにしているだけであって、そこに狙《ねら》いも他意もあるはずがない。

ただ――。

小説は小説でも、古泉の読んでいるのは、ノーベル文学賞を獲《と》った作家の小説。こちらの読んでいるのはライトノベル。そして肌色率《はだいろ》が高め。べつにライトノベルがノーベル文学賞に負けているわけではないだろうが。そもそも、この本は自分が選んだわけでもない。

肌色率高めというチョイスはナイス先代部員と言わざるを得ないが、自分で購入《こうにゅう》する
となれば本当に選ぶかどうかはわからない。そもそも古泉に対しては、敵意も対抗心《たいこう》も持
っていないのだから、気にする必要などまったくないわけなのだが。

と、そんなことを考えていると、突然《とつぜん》――。

「僕と二人きりだと退屈《たいくつ》でしょうか？」

古泉のやつは、文庫本の紙面から目を離《はな》さずにそう言った。まるでこちらの考えている
ことを読んだような口ぶりと、タイミングだった。

超能力者《ちょうのうりょく》か。こいつ。

「いや特にそういうこともないが」

まったく動揺《どうよう》をみせずに応じる。

「僕はこういうのも楽しいですけどね」

こちらはゆるりと否定したのに、こいつは――。はっきりと肯定《こうてい》してきやがった。

「あなたは涼宮さんが関心を向けている人間ですから。僕も興味がありますよ」

そういって古泉は、そこらの女子であれば一瞬《いっしゅん》で惚《ほ》れてしまいそうな微笑《ほほえ》みを浮《う》かべた。

だが明らかに向ける相手を間違《まちが》えている。そこらの女子にでも向けていろ。

だいたい前提からして間違っている。ハルヒが興味があるのは北高文芸部であって、自分ではない。ぜったいにない。

「男二人。水入らずといきましょう」

本のページに栞《しおり》を挟《はさ》んで、古泉は言う。

「やめろ。気色悪い」

げっそりとした顔で返す。冗談《じょうだん》にしても悪質すぎる。

「だいたいなんで男二人で、部室で顔突き合わせて小説読んでないとならないんだ」

「この部は文芸部だと記憶《きおく》していますが」

「そりゃまあ。そうだが」

予想もしていない方角から正論を突かれる。小説を読むのが文芸部の部活動と――いや待て。本当にそうか？　「文芸部」という名前の部活が本来行うべきなのは、創作活動とか、そういうことなんじゃないのか？

「まあ女性たちがいらっしゃるときには、堂々と読めない本もありますからね」

「言っておくがな。――古泉」

なにか先回りして気を回している古泉に、キョンは言った。

「俺がいま読んでいるこのライトノベルが肌色なのは、べつに、俺のせいというわけじゃないぞ。先代の誰《だれ》かがチョイスしてそこの本棚に残していっただけだ」

「ええ。知っていますよ。あとあなたが上の段の左の端《はし》から律儀《りちぎ》に全制覇《ぜんせいは》されているということは」

「いやべつにそんな縛《しば》りプレイをしているわけでもないが」

「僕の読んでいるこの小説ですけど。これも意外とセクシャルなんですよ」

「本当か？」

ごくり。と、キョンは喉《のど》を鳴らした。

「ええ。女性陣《じん》のいるところでは、ちょっと読みにくいですね」

「そ、そういうときのために、あ、あるんじゃないか、ブックカバーというものがっ！」

「なるほど。そういえばいつもつけていますね。――ブックカバー」

「言いがかりだ。訂正《ていせい》してもらおう。俺がまるでいつもそういう本ばかり読んでいるようなことを――」

「ところでこの本。どうしましょう？　僕が読み終わったら貸しましょうか？」

「あ……。うん。まあ……な。そうだな。せっかくだから読んでみてもいいかな」

うやむやのうちに……。

キョンはノーベル文学賞作家の本を借りることになった。

どうでしたか？
あ……。うん……。
まあまあ……だったな
お気に召されたようで
なによりです
いや。言ってない。べつに
良かったなどとはひとことも
言っていない。ただやはり
ノーベル賞作家だけあって、
味わい深いものがあったのは
確かであり——

はじまりの話①

いつもの放課後。いつもの北高の文芸部の部室。

長門《ながと》はいつものようにゲームをやっていた。

ソロではちょっとヘビーな素材集めを、ＰＳ《プレイヤー・スキル》だけでカバーして、ごりごりと狩《か》りを進める。

無事、素材もドロップして、ふうと大きく息を吐《は》きだす。

テーブルの上のペットボトルに手を伸ばしたところで――。

「落ちてるぞ」

「え？」

彼の声がして、どきりとした。

「なに？　なに？」

きょろきょろとあたりを見回す。急に言われてパニックになりかける。

落ちたって――？　なになに？　なにがなんでどうしてどうなって？　いま素材は落ちたけど。それとは違《ちが》うなにかだよね？

彼はわざわざ椅子から立ち上がると、長門の足下《あしもと》にかがみこんできた。

「ひゃっ」

「ほら。これ」

彼が足下から拾いあげてきたのは——カードだった。

それはプラスチックのカードで。利用者カードで。図書館ので。自分ので——。どうしてそんなところに落ちているのだろう。すごく大事なものなのに。

「あ、あ……、あうっ」

長門はびっくりしたまま固まってしまった。

こんな大事なものを落としていたなんて！　血の気が引くほどのショックだった。

自分のカードがどうして落ちているのか。いつもおサイフにきちんとしまってあるのに。

ああそっか。おととい、市立図書館に行って、本を借りて——。そのとき返却《へんきゃく》されたカードを、そのままうっかりポケットに入れてしまって——。あとできちんとサイフにしまおうと思って、そのままで——。

なんてこと！　二日もポケットにあったなんて！

もしここでなくて、どこか他《ほか》で落としていたら——。なくしてしまっていたら——。

「これおまえのだろ？」

彼が聞く。

長門はいま言葉を発せない。だから、こくこくと、うなずいて返した。何度も何度も。

彼がカードを渡《わた》そうとしてくれているのは——すごくよく、わかっている。

でも手が出ない。——動け。私の手。

動かない……。

あうあう。

彼はカードを差し出すポーズのまま、半分困ったような顔をしている。ちなみに表情の残りの半分は「優《やさ》しさ」という成分によって占《し》められている。

たぶん——。自分が再起動して、カードを受け取れるようになるまで、ずっと待ってくれている。

彼はこのカードがなんなのか、覚えているのだろうか？

長門は上目遣《うわめづか》いに、キョンの顔を見つめ返した。そこにある優しい笑いからは、まるで読み取ることができない。

覚えているのか。覚えていないのか。どちらとも特定できない。

だけど覚えていなくたっていい。自分にとって、その記憶が大切なことに変わりはないのだから……。

長門は手を伸《の》ばした。

カードを受け取るために――。ようやく手を伸ばすことができた。

「ほら」

「ん」

プラスチックの感触《かんしょく》が手の中に収まる。

「えと……あ、あの、あの……、あの……、あ、あり……」

「もう落とすなよ」

最後にもういっぺんだけ小さく笑って、彼は自分の席に戻《もど》っていってしまった。栞を挟んであったところから、文庫本を再び読みはじめる。

いまここで起きたことなんて、彼にとっては、きっと、なんでもないことなのだろう。

落ちていたことに、ただ気がついて、ただ拾って、ただ渡しただけ。

彼にとって、それは小さな親切でしかなくて、ほんの数分後には覚えてもいないぐらいのことなのかも……。

彼にとっては、この利用者カードを作ってくれたときのことも、そんな小さな親切だったのかも。

長門は、このカードを作ったときのことを、思い出しはじめた。

あの……、あの……、
あ、あり……
もう落とすなよ
……う、うん
言えなかった……。
また言えなかった。
「ありがとう」って

はじまりの話②

その日、彼女は市立図書館にやってきていた。

けっこう近くに、かなり大きな図書館があると知って、初めて訪《おとず》れてみた。

そこは、わくわくするぐらい大きな場所で、彼女は書架《しょか》のあいだをぐるぐると歩き回って探検した。本の物色が終わり、借りる本も決まったところで——詰《つ》んでしまった。

利用者カードを持っていない。作りかたもわからない。

職員の人たちは、皆《みな》、忙《いそが》しそうだ。

だめ。話しかけられそうにない。

皆がやっているその仕事を中断させて、割りこんでゆくなんて。無理無理ぜったい無理。

でもやらないと、カードは作れない。

だけど、もし仮にがんばって勇気だして話しかけたとして、その先は？　きちんと説明できる自信がない。きっとしゃべれなくなる。本番における弱さは、自分がいちばんよく知っている。

どうしよう。どうしよう。おろおろ。おろおろ。うろうろ。うろうろ。

そうやって、貸し出しカウンターの前を、三回くらい通り過ぎて、四回目の往復運動をはじめようとしていたときのことだった。

「おい。本貸せ」

見ず知らずの男子高校生に話しかけられた。

「貸し出しカードだろ。俺が作ってきてやる」

彼はまるで超能力でも持っているようだった。彼女の窮状《きゅうじょう》を完璧《かんぺき》に理解してくれていた。

「あ……、ふえ」

そうです、と、はっきり口に出して答えようとしたのだが――。

やはり、だめだった。声が出ない。

こくこくと、うなずいて返すだけが、精一杯《せいいっぱい》だった。顔が熱い。たぶん真っ赤になっているはず。

「俺が作ってきてやる」

ひょい、と手の中にあった本が消え失《う》せる。

「え?」

本は彼の手の中にあった。

「いこうぜ」

彼の背中が見えている。遠ざかってゆくその背中を、ぼうっとなって見ていた。困っていた自分の前に、急に助けてくれる人が現れて――その人は、認識《にんしき》が追いつきもしない速度で、すでに行動に移っていて――。

「まっ……、待って」

ようやく声を出せた。彼女は彼の背中を追いかけた。

カウンターでの彼の手際《てぎわ》は、まさしく鮮《あざ》やかなものだった。

「カードを作りたいんですが」

彼はなんの躊躇《ちゅうちょ》もなく職員に話しかける。仕事を中断されても職員の人は嫌《いや》な顔ひとつせず、笑顔《えがお》で用紙を出してくれた。用紙への記入は自分で行った。でも職員の人に提出するのと、カードを受け取ることは、結局、自分ではできなくて、彼にやってもらった。

「じゃ。これな」

彼の手から、出来上がったカードを渡してもらう。

手の中にあるそのカード。自分一人では、とうてい作ることができなかったそのカードを、彼女はしばらく見つめていた。そんなはずはないのだけど。光り輝《かがや》いて見えている。

そうだ。

お礼を言おう。お礼を言わなきゃ。――お礼を言うんだ！

「えと……。あ、あの、あり……」

でもだめだった。なんとか口にできたのは、「ありがとう」のうちの二文字だけだった。

＊

何か月も前のことを長門《ながと》は思い出していた。

そしてそのときと同じように、いま、図書館の利用者カードを手にしている。

今日はカードを拾ってくれた。その彼の小さな親切にお礼を言おう。お礼を言わなきゃ。

お礼を言うんだ！　こんどこそ。二文字だけでなくて、きちんと……。

「ありがとう」

「ほえっ？」

文庫本を読んでいた彼は、驚《おどろ》いたように顔をあげた。彼にとっては数分も前に終わったことだったから、ぎょっとするのも当然だろう。

「これ……。だいじな……カードだから」

「そ、そうか……。もう落とすなよ」

「うん」

長門は彼に微笑《ほほえ》みを返した。

ありがとう
ほえっ？　……あ。
ああ、そうか。
もう落とすなよ
言えたっ。やった。
言えたっ。……何か月も
かかっちゃったけど

眉毛

いつもの昼休み。いつもの北高の文芸部の部室。

三人で顔をつきあわせて弁当を食べる。朝倉《あさくら》、長門《ながと》、そして自分——と、いつもとまったく変わらぬ顔ぶれだ。

部室で食べることには、特別な意味はない。

べつに教室で食べても同じことなのだが、なんとなく部室で食べるのが恒例《こうれい》となっていた。そもそも長門のお弁当は、〝母親〟である朝倉が作っている。キョンと朝倉は同じクラスであるものの、長門とはクラスが違っている。したがって一緒《いっしょ》に食べるためには、どこか場所が必要となる。それがたまたま部室だったというだけだ。

朝倉と長門は、女の子同士、たわいもない会話を続けている。その話題に飛びこむでもなく、聞くとはなしに耳を傾《かたむ》けながら、キョンは、一人黙々《もくもく》と箸《はし》を進めていたのだが……。

ふと、弁当箱に入っていた〝たくわん〟に箸先が行きあたり、妙《みょう》なことを思いついた。

「なあ朝倉」

「うん？」

長門との会話を中断されて、朝倉は、目をぱちくりとやっていた。キョンがいたことを、たったいま思い出したという顔だった。

キョンは〝たくわん〟を箸でつまみあげた。その一切れと、その朝倉の眉毛とを、じーっと見比べにかかる。

ああ。やっぱりだ。間違《まちが》いない。

「……なに？」

「いや。もういいんだ。問題は解決した」

「なによその口ぶり。気になるわね？——言ってよ」

「いや。たいしたことじゃなかったんだが……。朝倉ってさ、なにげに眉毛、太いよな」

「そう？」

朝倉は目をぱちくり。わかっていないという顔つきだ。どうやら話題が唐突《とうとつ》だったらしい。

「タクワンぐらいあるよな」

キョンはそう言いながら、話題の元を始末した。具体的には、タクワンをぽいと口の中へと放《ほう》りこんだ。そうやって、単に思いついただけの〝たいしたことのない話題〟を、片付けたつもりだったのだが——。

「そ、そんなには――……。な、ないんじゃないかな――……っ？」

ん？　朝倉に目を戻す。

人あたりのよい、いつもの微笑みが顔に浮《う》かんでいるが、その頬《ほお》が……。

ぴくぴく、と、引きつっていた。

あ――……。

しまった。失敗した。空気を読み損《そこ》ねていた。朝倉は話題に関心がなかったわけではなく、むしろその逆で、全否定したいがあまり、意味のわからないふりをしていただけだ。

「いやべつに太い眉毛がだめだというわけではなくてだな――」

「――だからそんなに太くないって。ねえキョン君。ひょっとしてもしかして、いちおう念のために確認しておくんだけど。私の眉《まゆ》が太いとか、そーゆーこと言ってたりする？」

うああ。しまったドツボにはまった。まったくリカバリーになっていなかった。むしろいまので傷を広げた。

「い、いや、あのな、だからな、まて、早まるな」

額に青筋を浮かべる朝倉は怖《こわ》かった。あいかわらずの笑顔だが、その笑顔のまま、ナイフでぶっすりやられるんじゃないかと身の危険を覚えるほどだ。

「なにも早まっていないわよ。空耳かどうかを確認しておきたいだけ」

「そ、空耳だろう。うん。そうだろう」

「そうよね」

「そうだ。もちろんそうだ。無論そうだ」

笑顔と笑顔でうなずき合う。

そうして朝倉とばかり話していたからだろうか。長門が、じーっと、こちらを見ていた。

視線を感じて、ふと、長門に目を向けると――。

「――ぶっ⁉」

「どうしたのキョン君？……長門さん？　キョン君、なにを――ぶふうっ⁉」

二人で吹《ふ》き出してしまった。

長門が……。長門が……。

眉のところに〝タクワン〟を貼《は》り付けていたのだ。長門の眉は細い。それがいまはタクワンで……。タクワンになっていて……。タクワンがっ……。

「あはははははは‼」

朝倉と二人して腹を抱《かか》えて笑った。笑いが止まらない。痛い。腹が痛い。マジで痛い。

すべて長門に持っていかれてしまった。

今日の昼どきの部室は、いつもよりもだいぶ賑《にぎ》やかだった。

もご
もご

キョン君ひどいわよね。
タクワンはないと思うのね
うん。そうだね
ひどいと思うのよ。
デリカシーないわよね
うん。そうだね
そりゃちょっとは
太いかもだけど。
でもタクワンは——
うん。そうだね

古泉逆らわない

いつもの放課後。いつもの北高の文芸部の部室。

今日はミステリー部門臨時部員の二名も含《ふく》めて、総勢で五人と、にぎやかな日だった。

ちょっと部屋を出ていたハルヒが、ドアを開けて戻《もど》ってくる。皆の背中と本棚《ほんだな》との間を体を横にして通って、自分の席へと向かう。

その途中《とちゅう》で、どさどさと、本が落ちた。

通りすがりにハルヒの体が触《ふ》れたのだろう。本棚の本が、何冊か床《ゆか》へと落下していた。

「おい。落ちたぞ」

キョンは言った。だがハルヒは気にしたふうもなく、そのまま椅子《いす》に腰《こし》を下ろした。

「――古泉《こいずみ》君。片付けておいて」

「わかりました」

「自分でやらせろよ。古泉」

「いいんですよ」

古泉はせっせと本を拾いあげ、棚《たな》へと戻す。適当に戻すのではなく、元の並び順をきちんと再現している。あそこは同じ著者の発表順ではなくて、作中時間の年代順に並んでいるわけだが。それをきちんと理解している。大雑把《おおざっぱ》なハルヒでは、こうはいくまい。

「古泉君はねっ。なんだって言うこと聞いてくれるんだから。──ねっ？」

「ええ。その通りです」

古泉は神妙《しんみよう》な顔でうなずいた。一仕事を終えてから、ハルヒの隣《となり》の自分の席へと戻る。

「本当に言うなりだな……」

キョンは呆《あき》れてそう言った。読んでいた本に顔を戻そうとしたところで──ふと、ちょっとしたことを思いついてしまう。それを古泉に言ってみることにする。

「──ハルヒが言えば、おまえは、なんでも聞くのか？」

「ええ。そのつもりですが？　なにか？」

挑《いど》むような目で返された。──ふっ。おもしろいじゃないか。本当なんだな？

「じゃあ古泉。体育館脇《わき》の自販機《じはんき》でコーヒー牛乳を買ってきてくれ」

「僕が聞くのは涼宮さんの言うことだけですよ」

「じゃあ。──ハルヒ」

キョンはハルヒに向けてそう言った。ハルヒのやつが、ぱちくりとまばたきをしていたのは──たったの二回ほどだった。すぐに理解して、きらーんと目を光らせる。

「古泉君！　行ってきて！」

「わかりました」

ハルヒが言うと、古泉はまったく素直《すなお》に、不平の一つも洩《も》らさずに、ドアを出て行った。

「おお。……本当に行きやがった」

「なに古泉君に使いっ走りさせてるの？」

「素材……、でたけど？　なに？」

朝倉《あさくら》と長門《ながと》が顔をあげてきた。そして〝戦線〟へと加わった。古泉が戻ってくるまでの数分間のあいだに、四人はすっかり「悪いひとの顔」となっていた。

「古泉君。〝しぇー〟っていうの、やってやって！」

戻ってきた古泉に、ハルヒがさっそく指令を出す。

「はい。こうですか」

古泉は変なポーズを取った。それは誰《だれ》のアイデアだったか……。原典はよくわからない。

「つぎ。ストッキングかぶって、不審《ふしん》者になって！」

「こうですね」

古泉は指名手配犯となった。

「変顔してみて」

「こんなのはいかがでしょう」

古泉は、鼻の穴と下唇《したくちびる》の間で割り箸《ばし》をつっかえ棒にして——見事な〝変顔〟を作った。

「目を開いたまま。三分間まばたきなしっ！」

「頑張《がんば》ります」

なんと。古泉はやり遂《と》げた。三分間を耐《た》えきった。

ハルヒが言えば本当に古泉は逆らわない。まさに絶対服従だ。

「つぎ！　目でピーナッツ噛《か》んでっ！」

皆《みな》で悪ノリして作った〝無茶《むちゃ》ぶりリスト〟の、おそらく最後を——ハルヒが読みあげる。

さすがにこれはやらないだろうと思っていたら——。古泉は、部屋の隅《すみ》のお菓子《かし》の棚から、柿《かき》ピーの袋《ふくろ》を持ってくると——。その袋を開け——。ピーナッツを取り出し——。

「うわー！　うわー！　うわー！　やめろやめろ！　やらなくていい！」

「古泉君！　だめ！　人間やめちゃだめ！」

皆で止めた。必死に止めた。全力で止めた。

ハルヒも含めて、全員で猛反省《もうはんせい》する。やりすぎた。俺たちは、まさに、やりすぎた。

「どうしましたか？」

青い顔になっている皆をよそに、古泉ひとりだけが、けろりとしていた。

こ、古泉君っ……。
わ、わるかったわよ
なにがですか？
お、おわびに……。
こんど、ゆーこと
なんか一つ聞くから！
べつにいいんですが。
……でも考えておきますよ
お、おう！

模様替え

いつもの放課後。いつもの北高の文芸部の部室。

ハルヒと古泉《こいずみ》の臨時部員もあわせて、五人の部室は、それなりに賑やかだ。

朝倉《あさくら》とハルヒと古泉の三人は、とりとめのない話題で盛り上がっている。いわく——駅前にできたというスイーツの店の話で、朝倉はともかくとして、ハルヒもそんなことに興味があるのか、と認識《にんしき》を新たにする反面、普通《ふつう》に話題に入りこめている古泉に対しては、感心を通り越《こ》えて、すこしばかりの呆《あき》れさえ覚える。

長門《ながと》はいつもの通り。無言でゲームをやっている。たまに「あっ」と小声が聞こえてくることもあるが、それはレア素材がドロップしたことを示している。

キョン自身は本を読んでいた。文芸部の部室には、先人たちの置いていった「遺産」が遺《のこ》されている。壁《かべ》の一面を占《し》める本棚には、雑多なジャンルの本が並んでいて……。わざわざ図書館に出向かなくても、暇《ひま》つぶしには事欠かない。

特に読みたい本も、その逆に、特に読みたくないという本も、どちらも存在しない。よって本棚の上の段の左の端《はし》から、順番に手に取ってゆくことにしていた。

本の最後のページをめくる。何日かかけて、ちまちま読んでいた本が、ようやく終わる。

「――よし。と」

立ちあがって本棚へと向かった。棚に並ぶ本へと手を伸《の》ばし――。そして――。

「え？」

固まってしまった。眼前の光景が信じられずに、ただ、まばたきを繰《く》り返す。

本が……。本の並びが……。違《ちが》っている？

次の本を取ろうとしたのだが、キョンの見覚えのある配置とは、まったく違ってしまっていたのだ。

「あ。キョン君。それ。片付けておいたから」

「片付けた……、って、なにを？」

首をめぐらせて、真後ろに座る――朝倉を見やった。

「ええ。なんか適当に並んでいたようだから。本のタイトルの、あいうえお順にしたのよ」

「あ……、あいうえお順だと……？」

「あっ。お礼なんかいいわよ。べつにたいしたことでもないし」

朝倉は軽く言う。キョンの受けている衝撃《しょうげき》の重大さには、まだ気がついていない。

「な……、なんてことだ……」

よろよろと、キョンは壁にもたれた。すべてが台無しになってしまった。まるで世界が終わったかのような衝撃を受けていた。

……というのは大げさだが。

しかし、困った。棚のどこまで読んだのか、わからなくなってしまった。

これまで整然と左上の隅から整列していた本の並びは、あいうえお順というカオスのなかに、永遠に失われてしまった。

「キョン君って……、あれ、どうしたの？」

「さあ？　あたしにわかるわけないじゃない」

朝倉とハルヒがなにかを言っている。

「ねえ、キョン君、キョン君ってば？」

「おーい。キョン。キョーン？」

朝倉とハルヒが呼びかけてきている。しかし答えるだけの気力が湧《わ》いてこない。

「なにあれ？　どうしたのかしらね」

「なんだか家を壊《こわ》されたハムスターみたいな顔よね」

「誰がだ！」

ハムスター呼ばわりされて、さすがにハルヒに文句を言った。

「キレた」

「なに逆ギレしてんのよ。キョンのくせに」

ひどい言われようだった。いったい俺がなにをした。

「彼は困っているんですよ。本の並びが変わってしまったので」

状況《じょうきょう》を正しく言いあててくれたのは——ちょっと悔《くや》しいが、古泉だった。

「え？　あれ？　じゃあ……、だめだった？　整理しちゃったの？……ごめんなさいね」

「い、いや……、べつに……、そんなたいしたことでも……ないし」

改めて謝られると、対応に困る。自分のちょっとしたこだわりでしかないわけで……。

「どうしたの？」

このあたりになって、ようやく長門が気づいた。

「キョン君に悪いことしちゃったみたい。私が棚の並びを変えちゃったから」

「戻《もど》せばいいの？」

長門はすっと立ち上がると本棚《ほんだな》に向かった。あっちから一冊を抜《ぬ》き取り、こっちから一冊を抜き取り、みるみるうちに並びを完全修復してしまう。

「覚えていたから」

何気なくそう言う長門のことを、キョンは、ちょっとまぶしく見つめていた。

すごいわね。有希
なんで、すごいの？
長門……。ありがとう。ありがとう
なんで……？私、お礼されてるの？

悩殺教室

「いい。長門《ながと》さん。こうよ、こう」

「お、おい朝倉《あさくら》、あのな——わひゃぁ！」

いつもの放課後。いつもの北高の文芸部の部室。

キョンは思わず大声をあげてしまった。

なにを思ったのか——朝倉が急に接近してきた。恋人《こいびと》でもなければ取らないような距離《きょり》まで踏《ふ》みこんできたかと思うと、キョンのほっぺたを、手のひらで挟《はさ》みこんできたのだ。

「わかる？　こんなかんじね？　こんなふうに行くわけよ」

朝倉は長門に対してなにかを説明しているようだった。だがなにを説明しているのか、キョンにはまったくわからない。恋人の距離で、ほっぺに手で触《ふ》れてスキンシップしてくることと、なんの因果関係があるのか……。まったく理解できない。

長門は長門で、ひどく真面目《まじめ》な顔でうなずくばかり。

「な、なんなんだ……、いったい……？」

キョンは困り果てていた。北高一年生のあいだでもＡＡ＋（谷口《たにぐち》談）と名高い朝倉から、これほどの距離まで接近遭遇《そうぐう》されていては、さすがに意識せざるを得ない。

「ああいいから。キョン君はいいから。叫《さけ》ばなくていいから。叫んでいてもいいんだけど。――ちょっとむこう向いてくれる」

「む、むこうって――？」

「いいから。はやく。むこう向く」

朝倉のほうに背中を向けさせられる。

「ああ。うん。やっぱり男の子なのねえ。……けっこう、筋肉、ついてるのねえ」

朝倉の指先に、つつーっと、背筋のあたりをなぞられる。

「こうよ？　わかる？」

「はい。師匠《ししょう》」

朝倉が言う。長門がうなずく。〝師匠〟とか言っちゃってる。

「だから、さっきからなんなんだ。あとその師匠ってのは――なんだ？」

「美術の勉強みたいなものよ。ほら。人体を正確に描《えが》くには筋肉の付きかたを調べなくちゃならないとか、なんだとか、そういう感じね」

「そういう感じってのは、なんなんだ？　そうなのか。ちがうのか。みたいなのか。どうなのか。そこのところをはっきりしてくれないか」

「私からはこんなところかしらね。みんなも呼んであるから。——教わるといいわ」

「はい。師匠」

また言った。また長門は〝師匠〟とか言った。いったいなんの師匠なのやら。

あと、ようやく朝倉から解放されたと思ったのだが、苦難はまだまだ続くらしい。

待つほどもなく、〝みんな〟とやらがやって来た。

「はいはいはいっ！　お呼びとあらば即《そく》参上っ！」

「きたにょろよー！」

「お、おじゃまします……」

ハルヒと鶴屋《つるや》さんは、はじめからテンションが高かった。あと朝比奈《あさひな》さんも、おずおずと腰《こし》を低くして部室のドアをくぐってくる。

「さあ！　お姉さんにまかせるさー！　よーく見てるんだよ!?」

鶴屋さんが、背中にぴとりとくっついてきた。

「少年っ。ほうら。どうさね？　こうするとぉー？　なんだかイケナイ気持ちになってきちゃったりなんかしちゃったりなんかしてー……？」

細い指先で、「の」の形を、背中にたくさん描かれた。

なぜ本日はこうもスキンシップ日和《びより》なのか……。まったくわけがわからない。

「ほうら。みくるも！　みくるも！　ファンクラブ会員の子にサービスしたげないと！」

「えっ……。あのう……、困りますぅ……」

朝比奈さんは困り顔で半泣きになる。ただそれだけ。しかし、これはこれで……。

「さ！　トリはあたしだから！　キョン——どう？　ぐっとこない？」

しばらく目を離《はな》したあいだに、ハルヒの髪型《かみがた》が変わっていた。

三つ編みお下げとなっていた。外見的には、おとなしそうな印象の女の子に大変身だ。

そしてハルヒは、外見だけでなく声色《こわいろ》さえも、おとなしそうなものに変えて——。

「どうですか？　キョン君。わたし。いつもと違って見えていますか？」

三つ編みハルヒの敬語とか、耳を疑った。ぎくりとなった。これはだいぶヤバい。

「ほうら！　みてみて！　キョンのあわてっぷり！　触れるだけが悩殺じゃないんだから！　どうよキョン？　ほらギャップ萌《も》えでしょ？　ぐっとくるでしょ？」

ハルヒよ。お前もか。

「どう？——有希《ゆき》？　参考になった？」

「はい。師匠ズ！」

長門がハルヒに対して力強く返事を返す。しかし……。〝師匠ズ〟って……？

今日はいったいなんだったのか。キョンには結局わからなかった。

キュッ
ポーッ

……こう？
なんなんだ？　長門？
じゃあ、……こう？
だから。なんなんだ？
師匠ズ。……だめでした

あっちむいてほい

いつもの放課後。いつもの北高の文芸部の部室。

キョンが古泉《こいずみ》とオセロを打っていると、突然、ハルヒの声がかかって――。

「キョン！　じゃーんけーん――ぽんっ！」

「ぽん」

なんとか反応が間に合った。左手で駒《こま》を置きつつ、右手ではジャンケンに応じる。

「なんなんだよ？」

オセロの駒をひっくり返しつつ、ハルヒにそう聞いた。

「暇なのよ」

「それでジャンケンか。小学生か」

「――あっちむいて！　ほいっ！」

油断も隙《すき》もない。だが反応は間に合った。ハルヒが指し示したのと反対を向いてやった。

「ばかめ。ひっかかるか」

あっちむいてほいであれば、妹とさんざん訓練を重ねてきている。

「む～……」

ハルヒの悔しそうな顔を見て、キョンは失敗を悟《さと》った。

「勝つまでやるわよ！」

ハルヒのスイッチが入ってしまった。ハルヒの負けず嫌《ぎら》いを計算に入れるべきだった。

「あ……、おい。古泉？」

なぜか古泉がオセロ盤《ばん》を片付けはじめている。……まだ終わっていなかったんだが？

「僕の負けでしたよ。僅差《きんさ》ですけどね」

「さあ――やるわよ!!」

ハルヒは腕《うで》まくりなどをして、すっかりその気になっている。

「じゃんけんぽん！――あっちむいてほいっ！」

「あー。しまった。つい、つられてしまったなー」

キョンはそう言った。見事なまでの負けだった。これでハルヒのやつが静かになるかと
思えば、一回、負けることくらい、どうということは……。

「ふふふふ……。さあ敗者の時間よ～」

「おいちょっと待てハルヒ。なんだそのペンは？　おまえまさか……？」

避《よ》ける間もない。ほっぺたに「×印」を書かれてしまう。

「くそっ……、まったく……、正月の羽根突《はねつ》きじゃないんだぞ……」

「罰《ばつ》ゲームがなかったら面白《おもしろ》くないでしょ？」

「面白いのはおまえだけだ。……いやまて？　じゃあ俺が勝ったら、おまえの顔にも書いていいんだな？　×印を」

「いいわよ。勝てたらね」

ふたたび対戦がはじまった。

「じゃんけんぽん！　あっちむいてほい！　じゃんけんぽん！　あっちむいてほい！」

何度も応酬《おうしゅう》が繰《く》り返される。だがなんでもできてしまうハルヒのこと。反射神経もハンパない。これは通常の手段では勝てないかもしれない。——ならば！

「じゃんけんぽん！　あっちむいて——あああぁっ!!　あんなところに宇宙人があっ!!」

キョンは窓の外を指さした。

「えっ!!　どこどこっ!!」

——よしっ。ハルヒはばっちり引っかかってくれた。

「きたないわよ！　もう引っかからないから！」

ほっぺたに×印を一個つけて、ハルヒはそう言った。

「じゃんけんぽん！　あっちむいて——あーっ!!　あんなところに未来人がっ！」

「え？　えええっ!!　未来人ってなに――!?　って!?　あああああーっ!!」

二度も続けて引っかかったハルヒに、ちょっと呆《あき》れた。いや驚《おどろ》いた。

さすがに三度目はないだろうと思いつつ、キョンは、いちおう試《ため》してみることにした。

「ああーっ！　あんなところに超能力者《ちょうのうりょく》が！　なんか光の球体に包まれて空中浮遊《ふゆう》しているぞ！　すごいぞ！　光の戦士だっ！」

顔をうつむかせて、ぷるぷると耐《た》えていたハルヒであったが――。

「――どこよっ！」

「いないって」

「わかってるわよ！　そんなことっ！」

ハルヒの顔に、ついに三つ目の×印が描かれた。敗者の刻印がくっきりと刻まれる。

何回でも勝てる。キョンはそう確信した。ハルヒの顔を×印で埋《う》め尽《つ》くしてやる。

「はいキョン君……。そのへんにしておきましょうね――……」

朝倉《あさくら》と長門《ながと》がこちらを見ていた。二人の笑顔《えがお》が怒《おこ》っていた。青筋を浮《う》かべるほどに。

油性ペンだったので、落とすのが大変だった。洗っても落ちず、除光液とかいう化粧《けしょう》落《お》としの用品でようやく落ちた。

ハルヒの×印は消されたが、キョンの×印は消してもらえなかった。

涼宮さんも。わざわざ
引っかからなくても……
あたしは！　やらないで
後悔するより！　やって
後悔するって決めてんの！
ほら動かないでください。
落ちないですよ
キョンの！　バーカ！
バーカ！　バーカ！
キョン君は、
そこで反省。正座

はじまりの話③

それは、しばらく前のこと……。

文芸部が、いまほど賑《にぎ》やかでなかった頃《ころ》のこと……。

部員は、私、一人だけで、文芸部が廃部《はいぶ》の危機にあった、とある十二月初めのこと……。

＊

「年内に部員が入らなければ、文芸部は廃部に？」

一通りの事情を理解したところで、朝倉《あさくら》さんはそう言った。

とても自分で説明できる自信はなかった。だから彼女にはプリントを読んでもらった。

「廃部通知」と書かれた、その一枚の紙を――。

「……」

私はコタツの上に突《つ》っ伏《ぷ》していた。

「まあ、しょうがないですよ。部員が一人じゃ、部活として成り立たないでしょうし……」

彼女の声は聞こえている。言われていることも、道理のうえでは、もちろん理解している。でも「理解する」と「納得《なっとく》する」は別だ。私はわかりたくなかった。

「でも、ほら、ここに部員が五人集まったら、続けても良いって書いてありますし……」

そんなこと。なんの意味もない。できない条件は、それは条件っていわない。五人なんて絶対に無理。これまでの一生にできた友達の人数よりも多い数。つまり無限と同じ。

「もう……、長門《ながと》さん、聞いてます？　いつまでもふて腐《くさ》れないでくださいよ」

「ふてくされてない」

私はようやくそう言った。そういうのと違《ちが》う。現実をただ認識《にんしき》しているだけ。どうしようもないものは、どうしようもないのだ。

「聞こえてるじゃない。……部員を集めれば良いじゃないですか」

「絶対、無理だよ……」

私はようやく顔を持ちあげた。彼女にそう言った。

「諦《あきら》めたのね？」

彼女の言葉が、ぐさりと突き刺《さ》さる。

諦めたくない。認めたくない。でも……。だけど……。

「……あきら……める。しかた……ないよ」

私はそう言った。文芸部はなくなる。放課後のあの空間に、もういられなくなる。それはしかたのないことなのだ。もう決まったことなのだ。

「しかたない……のね。そっか……」

ため息をつくように、彼女はそう言った。どんな顔をしているのか、うつむいているせいで、私にはわからない。怖《こわ》くて見ることができない。

「私、なんとかしてあげようか？」

「――っ！」

私は顔をはねあげた。

「今、期待したでしょ。『絶対無理』なんじゃないの？」

見透《みす》かすような目で覗《のぞ》きこまれた。組んだ手の上に顎《あご》を載《の》せた彼女の、その目は、これまで見たこともないくらい、鋭《するど》くて、強くて、怖いもので――。

「……」

私は目を背《そむ》けた。

「やっぱり、諦められてなんかないじゃないですか。こんな甘い言葉に飛びつくようじゃ」

試されていた。見抜《みぬ》かれていた。恥《は》ずかしかった。

「私には……無理だけど……、あなたなら……」

「長門さんに無理なことは、私にだって出来ませんよ」

　そんなことない。朝倉さんはなんでも出来る人で——。

「貴方《あなた》が動けないのは、単に怖がっているからです」

「そりゃ、怖いよ」

　私は白状した。認めた。彼女の言うとおり。私は怖いのだ。

「だって……、私のわがままなんだもん。部活、続けたいから、部員になってなんて、言えない。それに……、自信ないよ、一人でやれる自信が……ない。私一人じゃ無理だよ」

「だったら！　その時は私を頼《たよ》りなさい！　私も一緒《いっしょ》にやりますから！」

　朝倉さんは大きな声で言う。大きな声を出せる人なのだ——彼女は。でも自分は違う。

「私はあなたの保護者でも姉妹でもなく、ただの友達です。手を引いて正しい方向に導くことも、恐怖《きょうふ》から守ってあげることもできません。でも一緒に協力して、味方でいることはできる。ううん、だからこそ、一番最初の決断をあなたがしてくれないかぎり、私は何もできない！」

　それはわかってる。気づいてる。彼女が——朝倉さんが、味方でいてくれるということを疑ったことなんて——これまで一度だってない。

「長門さん、あなたは……文芸部を守るために、動くの？　動かないの？」

　朝倉さんが部屋から出て行っても、私はその言葉を、ずっと反芻《はんすう》しつづけていた。

はぁ……

言いすぎちゃったかな……

もっと優しく
言うべきだったかなぁ……

えいっ。過ぎたこと
考えてもしょうがない！

次！　おなじ失敗
しなければいいのよ！

はじまりの話④

「あ……、あの……、お、おねがい……します」

声をかけた一人目の人は、用件を切り出す前に、もう通り過ぎてしまっていた。

もっと早く。こんどは用件まで、きちんと言わなきゃ。

私は下校時間の校門の前に立って、下校してゆく人たちに声をかけていた。……正確にいうと、声をかけようと努力していた。

「あの……、に、入部……」

二番目に話しかけた女の人は、手を軽く振《ふ》って、歩き去ってゆく。

こんどは用件までなんとか言えた。つぎはもっとちゃんと言わなきゃ……！

私は決めたんだ。貪欲《どんよく》になるって。

もっと自分のやりたいことに、素直《すなお》に、忠実に――そして貪欲に。

だめならだめでかまわない。五人集まらなくて文芸部が廃部になったとしても、そのときにはしょうがない。でも自分でやれることはやらないと。

文芸部を残したい。放課後のあの空間にずっといたい。それが私の偽《いつわ》らざる気持ちだ。

昔から知識としては知っていた〝当たって砕《くだ》けろ〟という言葉の意味が、私には、いまようやくわかった気がする。

「あの……、ぶ、文芸部に……、は、入りませんか……？」

何人か、もしくは何十人かに一人くらいは、立ち止まって話を聞いてくれる人もいた。

そういう人には、一生懸命《いっしょうけんめい》に説明する。

「ほ、本とか……、読めます……、い、一緒に……読みませんかっ？」

「ごめんねっ」

「あとゲームもっ――」

行ってしまった。

でも諦めない。諦めることを――私は、もう諦めた。

朝倉《あさくら》さんには、まっさきにお願いした。

今朝《けさ》、廊下《ろうか》で、一番最初に、「文芸部に入って欲しい」と詰《つ》め寄った。そうしたら彼女は、すぐにその場で、入部届に名前を書いてくれた。

いつでも手伝ってくれると、彼女は言ってくれた。いつでも味方だと言ってくれた。

彼女ならできると思う。彼女に不可能なことなんて、そうそうないんじゃないかと、そうも思う。

でもそれは最後の手段。

もうしばらく自分一人でやってみる。それは彼女との約束でもあった。

もうちょっと……。

もうちょっとだけ……。

自分で頑張《がんば》れるところまで……。

「あのっ！　文芸部！　はいりませんかっ！」

「ああごめん。もう他《ほか》の部に入っているから……」

「そうですか……」

男の人はすまなそうな顔で歩いて行った。

断られたけど。断られはしたけど……。いまっ！　きちんと話を聞いてもらえた。すごく意外だった。自分みたいなの話でも、聞いてくれる人は……けっこう、いるんだ！

私は次に通りかかった人に、飛びつく勢いで――声をかけた！

「話を聞いてくださあああい！」

「きくけど」

その人の顔を、呼び止めておいてから、初めて見て――私はびっくりしていた。

ものすごいデジャビュ。

忘れもしない。忘れるはずがない。

その人は、以前、困っていたときに助けてくれた人だった。

図書館で、利用者カードの作りかたがわからずに困っていた。そのときに颯爽《さっそう》と現れて、助けてくれたのが――この人だった。

「あ、あのっ！　文芸部っ！　文芸部――いまっ！　ごご五人いないと廃部になっちゃうって言われて！　それであの！　入って欲しいんです文芸部に！　本あります！　お茶あります！　机と椅子《いす》もあります！　朝倉さん入ってくれるって言ってくれたから！　あと三人なんです！」

私は説明した。力一杯《ちからいっぱい》説明した。ぺこぺこと頭を下げた。

前に助けてくれたから、また助けてもらえるなどと、身勝手なことは思っていない。

この人は――この人なら、話だけでも聞いてくれる。そう思ったからだった。

「いいよ」

「え？」

期待していたのと違う言葉がかかって、私は顔を持ちあげた。

彼が手を差し出してきているのは、入部届を受け取るためだと――そのことに気がついたのは、何秒も経《た》ってからのことだった。

ぶ……、ぶいん
そろったよおおううぅぅ……
長門さん。泣かないで。
よしよし
はいってくれたあぁ……。
あのひとがあ……。えぐっ
ん？
うえええええええええーん
長門さん……。
もっと泣いて

集中力

いつもの放課後。いつもの北高の文芸部の部室。

キョンはいつものように本を読み、長門《ながと》はいつものようにゲームにのめりこんでいた。

他のメンバーは今日はまだ揃《そろ》っていない。委員会とかけもちの朝倉《あさくら》は遅《おく》れることが多いし、もともと進学校のミステリー部門臨時部員の二名は、やたらと回数のあるテスト期間になると顔を見なくなる。

「長門――」

キョンは本から顔をあげると、長門に声をかけた。

しかし長門からの返事はない。これはべつに無視されているわけではなくて――。長門の集中力が、それだけ凄《すご》いということだ。

ゲームをしているときの長門は、周囲で起きる出来事に――かなりの確率で気がつかない。話しかけても返事が返ることはまれである。

それがわかっていて、なぜ話しかけたのかというと――。

まあ。たいしたことでもないのだが。飲み物を買いに出ようと思ったからだ。長門がゲームを終えたときに一人で飲んでいるのもあれだし。なにが欲しいか、そのくらいゲーム中でも聞けるかなと思ったわけだが……。まあ。甘かった。長門のゲームにかける集中力を、正直、なめていた。

飲み物を買いに出るのは、とりあえず諦める。かわりになるものはないかと探すと——誰《だれ》が持ってきたのか、ミカンがテーブルの上に何個か置いてあった。

「長門。このミカンは……」

キョンは長門に聞こうとしたが……。ああ。もちろんだめだ。

質問することを諦めて、キョンはミカンを手に取った。

このミカンは、誰が持ってきたものであり、食べてもいいのかということを聞こうとしたのだが……。まあ、仕方がない。一個もらってしまうことにしよう。うん。これは緊《きん》急避難《きゅうひなん》とかいうやつだ。うん。合法だ。

それにしても凄い集中力だった。

うつむく眼鏡のレンズの上に、ゲームの画面が映りこんでいる。視界の隅《すみ》でなにかが動けば、意識はそっちに向かいそうなものだが……。

さっさっ。

手を振ってみた。だが気がつかない。

キョンは席を一つ移動して、長門の正面に座った。

そうっと手を伸《の》ばす。長門の顔に向けて――。

うつむいてゲームに集中する長門の――、そのほっぺたを、ちょん、と、つっついてみる。

まだ気がつかない。相当だ。これは。

いつ気がつくのか――そのことを確かめる意味合いで、ほっぺたを一回だけでなく、何度もぷにぷにとつっつっついた。

おお。ぷにぷにだ。柔《やわ》らかい。おなじほっぺなのに男のほっぺと手触《てざわ》りが違《ちが》う気がする。

ためしに自分のほっぺを指で押してみる。ぷにっといかない。

長門のほっぺを押してみる。――やはりぷにぷにだ。

おお。なんかすごい。

だがあまりにほっぺばかりを触《さわ》っていると、アブナイ人間となってしまう。この行為《こうい》には単にほっぺをつつかれても気がつかないかどうか確認《かくにん》するだけの意味合いしかない。よって、もうほっぺをつっつつくのは、やめにしよう。

キョンは、さっきのミカンを持ってきた。

集中しているときの長門は、姿勢もまったく変わらない。どれだけ変わらないものなのか——ここはひとつ、確認してみる必要があるだろう。

長門の頭の上に、ミカンを置いてみた。

頭の上に「おそなえ」されたミカンは、そのまま安定を保っていた。

長門は指だけを激しく動かしている。眼鏡の下にある視線も、小刻みな微動《びどう》を続けている。すごい。まるでブレない。長門すごい。

ミカンは、もう一個いけるだろうか？——キョンは次のミカンに手を伸ばした。

二個目のミカンを縦に積みあげる。

「え？」

長門が声をあげた。目をぱちくりする。

「に……、にゃぁーっ!!」

なんか変な声をあげている長門であったが、ミカンが頭に載《の》っているおかげで、姿勢は一ミリも動いていなかった。

「すまん。ほんとすまん」

キョンは長門に向けて手を合わせた。ひたすら謝った。

「これ……、とってー……」

そうだった。まずミカンを下ろしてやるのが先だった。

ひどいよ
すまん。ほんとすまん
うん。許す
しかし長門。
おまえって、驚くと、
にゃあーって言うのな
え？　言ってないよ？
ああ。そうだな

ポニテの日

いつもの放課後。いつもの文芸部の部室。

「ねえキョン君」

長いまつげを雑誌の誌面に落としていた朝倉《あさくら》が、何気なく、つぶやくほどの声の大きさで、話しかけてきた。

「なんだ」

キョンも本を眺《なが》めながら応じる。今日の本はSFだが、難解すぎてハードすぎて、読むというより「眺める」といったほうが、ぴたりとくる感じ。

「ポニテが好きなんですってね」

「え？」

本から顔をあげて朝倉に向いた。長門《ながと》の向こうに見える、その朝倉の横顔に――まじまじと目を向けた。

「いや、なんでそれを……じゃなくて。な、なんのことかな？」

ぎくりとしながらも、それを表に出すことはなく――キョンはそう言ってのけた。

「うう～ん。見事な反応をありがとう。これで裏が取れたわ」

表には出していなかったはずなのに——なぜだか、すっかりバレている。

「なにか誤解しているようだから言うが。べつに嫌《きら》いなわけではないという、そんな程度の意味でしかなくてだな。世間一般《いっぱん》的な意味合いにおいて、ごく普通《ふつう》の男子が好きな程度には好きと、そういう意味でしかないのだが……」

「ねえ。長門さん。キョン君、いまこれ、なに言ってるか、わかる？」

「あう、あうっ……」

急に話を振《ふ》られた長門が慌《あわ》てている。なぜそこで長門に振る？

ゲームに熱中していたから、話にまったくついてこれていない。

「さて……」

——とかいう声とともに、部屋の中にいる女子二名が、揃って椅子から立ちあがった。

「鶴屋《つるや》さんとみくるちゃんも呼んでおこうか？」

「名案ね」

ハルヒが言い、朝倉がうなずいた。携帯《けいたい》が持ちだされてきて、すぐに連絡《れんらく》がつけられる。

しかしなぜ鶴屋さんと朝比奈《あさひな》さんが関係してくるのか。

——てゆうか。いったい、いまなにが進行しているのだろうか。

「リボンはやっぱり黄色？」

「ポニテは、あたし、赤ってイメージなんだけど」

「青ならあるけど」

「それ涼子《りようこ》のイメージよね」

女子二名がなにかを話し合っている。なんの話なのかと思えば、どうやら髪《かみ》をまとめるリボンの色の話だったらしい。ハルヒも朝倉も、二人とも、長いロングヘアをしている。それをポニテにまとめ終えると、二人はなんということもなく、席に座った。

「よし」

と、そうつぶやいた。それだけだ。なにが〝よし〟なのやら……。

なにかが起こると身構えていたキョンは、拍子抜《ひようしぬ》けしてしまった。

「やっほー。きたにょろよー」

「おじゃまします……」

鶴屋さんと朝比奈さんが部室を訪《おとず》れてくる。二人とも、やってきたその時点からポニテになっていた。

そして空いている席に座る。

空いている席というのは、この場合、キョンの右隣《みぎどなり》と左隣《ひだりどなり》というわけで——。

つまり、キョンは、前方と左右を、四つのポニテに囲まれることになってしまった。

「ポニテって、アタマ痛くなるのよね」

「ああ。それわかる。きゅーっとてっぺんが引っぱられて、ハゲちゃうんじゃないかって」

「ええっ？　は、はげちゃうんですかぁ……？　これ？」

「あはは。みくる。そんなすぐにはハゲないさー。ずっとポニテ星人でいたらの話っしょ」

ハルヒと朝倉と鶴屋さんと朝比奈さんは、楽しく、談笑《だんしょう》なさっておいでだ。

キョンは部室の一角で小さくなっていた。すいませんすいません、と、つぶやいてしまいたい気分だった。

この場にいる女子のなかで、ポニテになっていないのは、唯一《ゆいいつ》、長門ひとりだけだった。ショートカットの彼女の場合、ポニテにしようにも、不可能であるわけだが……。

その長門に助けを求める視線を送ってみる。だが彼女も、なにが起きているのかわからずに、キョドっているばかり……。

その日、キョンは、なにか責められている気分を、たっぷりと味わいながら、部活動が終わるまでの、長い長い時間を過ごした。

いったい自分はなにをしてしまったのだろう。胸に手をあてて考える時間はたっぷりとあったわけだが……。結局、わからずじまいで終わった。

あれでキョンに
伝わったかしらね
さあどうでしょう。でも
トラウマは植え付け
られたんじゃないかしら
馬に蹴られて死ねばいいのに
いえいえ。手ぬるいですよー。
ポニテ地獄に落とす
べきでしょ
それが今日の部活動
だったわけだけどね

AA＋

（ねえ。キョン君）
いつもの教室。いつもの授業中。
一つ後ろの席から、朝倉《あさくら》のささやき声が聞こえてくる。
来るかなー、と思っていたら、やっぱり肩甲骨《けんこうこつ》のあたりに、ぷすりときた。
（だから地味に痛いからそれ！……どうした？）
勢いよく後ろを振り返――りたいところを、ぐぐっと我慢《がまん》して、こちらも小声で返す。
（ねえ。ちょっと聞きたいんだけど）
（授業中だが）
（AA＋って、なんのこと？）
（は？）
キョンは聞き返した。
こちらが聞きたい。それはなにかのランクか？　成績かなにかか？
（まえに谷口《たにぐち》君たちが話していたのが聞こえてきたのよね）

（じゃあ谷口に聞いたらどうだ？）

だったら授業が終わってから聞けばいいと思うのだが。

（遠いでしょ）

（それに、なんだか……私の話題みたいだったし。聞きにくいじゃない？）

ＡＡ＋。なにかのランク。そして朝倉についての話題――。

キョンの頭の中で記憶《きおく》の糸が繋《つな》がった。それは一年生になったばかりの頃《ころ》の話だ。谷口のやつが、一年生の全女子に対して「ランク分け」などということを行っていた。全女子をＡからＤに分けていた。まったく失礼なやつである。

そのランク分けによれば、朝倉はＡＡ＋……だったはず。

（さ、さあ……俺は知らないな）

しくじった。平静を装うつもりが、すこしだけ声に震《ふる》えが出てしまった。

（む。あやしいわね。……朝倉さん、いまなにか、ピンときた）

ピンとこられてしまった。

（だから知らないって言ってるだろ。まあ……、考えるに、Ａとか＋とかついてるからには、なにかのランクなんじゃないのか。たとえば成績だとか）

先人いわく。嘘《うそ》をつくときの方法として、最も優《すぐ》れているのは、真実を半分ほど混ぜるやりかたであるという。先人の知恵《ちえ》にキョンは従った。

嘘を貫《つらぬ》き通す必要がある。ＡＡ＋がなにを意味するものなのか。朝倉に知られてはならない。——絶対に。

（まあ……、たしかに成績なら、そうかもだけど……）

朝倉の迷う声が聞こえてくる。

よし。このまま騙《だま》し通せそうだ。

（きっとそうだと思うぜ）

力強く同意を示す。ここで押しをかける。とどめを刺《さ》しにゆく。

（そうねえ……。そうなのかな……）

よし。落ちた。心の中でガッツポーズを決めた瞬間《しゅんかん》——。

ぐさっ。

肩甲骨にシャープペンシルの芯《しん》が突《つ》き刺さった。

（だからそれ地味に痛いんだって！）

（キョン君はなにかを隠《かく》している感じなのよ）

（なにを根拠《こんきょ》に）

（女のカンよ）

そうか女の勘《かん》か。女の勘なら仕方がないな。すべての抵抗《ていこう》は無意味な気がする。

（じつはな……）

キョンは白状する気になった。

（これから言うが。……怒《おこ》るなよ？）

（なによ勿体《もったい》つけて？）

（言っておくが。俺が言ったんじゃないからな。谷口が言っていたんだからな。俺はただ小耳に挟《はさ》んで覚えていたというだけであって、まったくの無関係だからな？）

（もう、そんな予防線張らなくたって――。怒らないから、言ってくれない？）

（シャーペンで刺すのは、絶対に禁止だからな？　いいな？）

（わかってるわよ）

（じつは美人度のランクなんだ。そのＡＡ＋というのは）

（え……、美人？……って？　ええっ？）

朝倉のあげる声は、怒《いか》りにまみれ――ては、いなかった。喜びの色があった。

ああ。そういえば「美人」って言われると喜ぶんだっけ。朝倉は。

朝倉がほっぺたを押さえて、やだやだ、もうっ、とやっていることは、想像に難《かた》くなかった。後ろを振り向いてみるまでもない。

ね……。キョン君。
さっきの話……
断る
まだ言ってないじゃない。ね。
もう一度でいいから、
言って言って、言ってみてーっ
授業を受けろ優等生

加齢臭

いつもの放課後。いつもの文芸部の部室。

朝倉《あさくら》と長門《ながと》とキョンの三人で、なんとなく時間を過ごしていた。ハルヒたちがやってきてからが部活動の本番という雰囲気《ふんいき》が、なんとなくあって、ゆるやかに暖気中だった。

長門は例によってゲーム。朝倉はノートを開いて今日の授業の復習。この優等生め。

そしてキョンは読みさしの文庫本を開いて、眺《なが》めるようにして読んでいた。

朝倉がなんとなしに顔をあげた。右を向いて左を向いて、そしてキョンに言ってくる。

「ねえ。加齢臭《かれいしゅう》。しない？」

「いや？　わからんな」

文庫本を眺めながらキョンはそう答えた。べつになんにも臭《にお》わない。

だいたいなんの臭いだって？　しかし加齢臭ときたか。思わず教師の一人を思い浮《う》かべてしまって――さすがに失礼だろうと、考えを打ち消す。

「なんか、するのよねー……」

朝倉はまだ納得《なっとく》していない様子で、くんくん。すんすんと。鼻をひくつかせる。

「やっぱり。する」

「そうか」

「なんだかキョン君のほうから、するみたい」

「え？」

ぎくりとした。自分に関係のない話題だと思っていたが――まさか自分が発生源か？

服の袖《そで》を嗅《か》ぐ。ブレザーの胸元《むなもと》をひっぱって自分の体臭を嗅ぐ。

加齢臭がするって……？　おいおいおい。勘弁《かんべん》してくれ。男子高校生に向かって。

「い、いや……しないみたいだが。……しないぞ？」

「においって、自分じゃ気がつかないものなのよね。……鼻が慣れちゃうらしいの」

朝倉はまっすぐにこちらを見つめる。あれは確信した者の目つきだ。

「お、おい。やめろ。……ちがうって」

手をかざして朝倉の視線から逃《のが》れる。やめろ。俺をそんな目で見るな。

たしかに〝ジジむさい〟と人に言われたことはある。だがそれはあくまでも性格の話であり、まさか体臭にまで影響《えいきょう》を及《およ》ぼすはずが――。だからちがう！　なにかの間違《まちが》いだ！

「よーっす!!」

そのとき、突然《とつぜん》、ドアがバーンと開かれた。ハルヒのやつが入ってくる。腰巾着《こしぎんちゃく》の古《こ》泉《いずみ》が、いつものように「ドア閉め係」をやっている。

「ねえ涼宮《すずみや》さん。加齢のにおい、しない？」

朝倉のやつは、ずばりと、ハルヒに聞いた。

「ん？　なに涼子《りょうこ》？　加齢？」

ハルヒのやつが、形のいい鼻をひくひくと動かす。

「ええ。するわね」

やっぱりだ——っ‼　キョンは絶望に染まった。

「すまん。……俺だ」

指摘《してき》されてしまう前に……自分から、手を挙げて白状する。

「ああ。そうよね。キョンだわ。キョンよ」

ハルヒは勝ち誇《ほこ》った顔で、指まで差して、死者に鞭《むち》を打ってくれた。

「あれ？　みんな？　なんの話？」

ゲームに夢中だった長門が、顔を上げて、そう聞いてくる。

「キョンから加齢の臭いがするって話よ」

「カレー？　おいしいよね。すきだよ」

長門はきょとんと小首を傾《かし》げてそう言った。

「おいおい。長門……。それはカレーのほうだろう。いまやっている話とは違《ちが》うぞ」

キョンはそう指摘した。いつもなら天然っぷりを愛《め》でているところだが、いまはそんな心の余裕《よゆう》はない。しかし……。ふっ……。加齢か。ははは。はははは……。

「なに言ってんのよキョン。ずっとカレーの話だったでしょ？」

「おいおい。ハルヒ。おまえまで……」

「ねえ涼子。そうよね？」

「そうよ……、あっそうだ。ねえ長門さん？　今夜はカレーにしましょうか？」

「昨日のおでん。まだ残ってるよ？」

「ふっふっふ。おでんはカレーの具にもなるんだから」

「それは名案」

朝倉と長門は、二人して、今夜の夕飯の話をやっている。

一人、話題から取り残されたキョンは、呆然《ぼうぜん》としていた。

〝加齢《かれい》〟と〝カレー〟か――。とんだ叙述《じょじゅつ》トリックだった。聞き違いだった。おい朝倉。だったら最初からきちんと〝カレーの臭《にお》い〟とそう言え。〝カレー臭《しゅう》〟と略すな。

そう。たしかに昨夜の夕食はカレーだった。そのにおいが服に残っていたというわけか。

はああああぁぁぁぁ……。キョンは一人椅子《いす》にくずおれた。深く……、安堵《あんど》した。

そういえば駅前に
カレー屋さんができたのよね
おいしいって
評判ですよね
皆でいきましょうか
おいおい。
カンベンしてくれよ……
なによキョン。
あんたのせいなのよ。
おいしそうな
カレーの匂いさせてるから……

ボタンつけ

いつもの放課後。いつもの文芸部の部室。

今日の部室は、ちょっと文芸部らしからぬ活動が行われていた。

「あ。長門《ながと》さん。糸はそれだと長すぎるかしら」

「こう？」

「うんそのくらい。そしたら穴から針を刺してね。出して入れて、刺す幅《はば》は穴より狭《せま》いぐらいで」

朝倉《あさくら》の指導を受ける長門は、糸と針とを手に持って、真剣《しんけん》な顔つきだ。ゲームに向ける集中力と同質のものが、「ボタンつけ」の練習に向けられている。

「うん。上手。上手。そしたらくるっと三、四回くらい、巻きつけてくださいね」

長門はおそらく初めてだと思われる手つきで、朝倉に言われた通りに実行する。いや、正確にいえば、実行しようとしている。一発でできたら苦労はない。何度も失敗しては、やり直している。

それを朝倉は母親の忍耐《にんたい》力をもって見守っている。自分から手出しはしない。

その忍耐力はきっと無限だった。長門の手つきがどれだけ覚束《おぼつか》なくても、長門が自分自身で投げ出さないかぎり、朝倉のほうが先に諦《あきら》めることはないのだろう。キョンはほかにすることも特にないので、そんな二人の様子を、テーブルの端《はし》から頬杖《ほおづえ》をついて眺めていた。

しかしこれでは文芸部ではなくて、手芸部だ。

まあ普段《ふだん》の部活動が文芸部らしいものなのかといえば、ぜんぜんそんなこともないわけで、文芸部らしい光景だといえなくもない。すくなくとも、ハルヒが無茶《むちゃ》な計画をぶちあげるよりかは、よっぽど文化部っぽい活動だ。

「糸切るときには、ハサミでやると綺麗《きれい》にできるけど。朝倉さん的には、口でやるのがお勧めかなっ。絵になるし。〝萌《も》え〟っていうの？　よくわかんないけど、なにかそんなのにもなるんじゃない？」

まともな指導のほかに、不純な指導も行われる。なんだ萌えってのは。よくわからないなら、そんなもん純真な長門に教えこむな。

長門のほうは、素直《すなお》に糸切り歯で糸を嚙《か》んでいる。うまく切れなくて、嚙み嚙みしている。ああ、たしかに——これは萌えだな。

しかし、ちょっと意外だった。

朝倉が裁縫《さいほう》をそつなくこなせることは、まったく意外でもなんでもない。完璧超人《かんぺきちょうじん》のあいつが、ボタンつけの一つもできなかったら、むしろギャップだ。逆に驚《おどろ》く。萌えるかどうかについてはノーコメントであるが。

意外だったのは、長門のほうだ。ボタンつけくらい、朝倉に頼《たの》めば、それこそ五秒フラットで片付くだろうに、それを自分でやろうとするとか。

いやべつに、長門が、裁縫そのほか、炊事洗濯《すいじせんたく》、一切《いっさい》合切をやるはずがない——などと、決めつけていたわけでは毛頭ない。全自動お母さんマシーンである朝倉に、なにもかもぜんぶ任せきりで、濃密《のうみつ》なメンテを受けなければ生きていくことさえできない——などとは、露《つゆ》ほども思っていない。

だがちょっと意外だった。

自分でやろうとするなんて。長門も。そういうことするんだ。

女の子みたいで。——って！　いやいやいや。長門は女の子だ。もちろんだ。べつに長門のことを女の子だと思っていないわけではなくてだ。ただ単に、普通《ふつう》の女の子っぽいこともするのだという感慨《かんがい》あるいは認識《にんしき》でしかなくて——。他意はない。本当に他意はない。

「キョン君？　なに、わたわたやってるの？」

「いや思ってない。思ってない」

「その手の動きはなんなの……って、聞いたつもりだったんだけど」

指摘されて気づいた。無意識のうちに手を動かしてしまっていたらしい。不思議な動きをやっていた。

「うん。長門さん。だいぶ上手にできるようになりましたね」

長門は朝倉から合格をもらっている。プロ主婦からのお墨付《すみつ》きだ。

よかったな、長門。——と。見守る視線になって、見つめていると——。

「はい。じゃあキョン君。それ脱《ぬ》いで」

朝倉が手を伸《の》ばしつつ——そう言った。

「え？」

「もう？　気づいていなかったの？　そこ。ボタン取れてるでしょ？」

「え？　あ？　ああ——」

自分の体を見下ろすと、たしかにシャツのボタンが一個取れていた。

いいよこんなの。あとでうちに帰ってから——と、そう言おうとしたキョンであったが
……。その言葉は、言うことができなかった。

「かして……、つける……から。もう……、上手にできるから」

長門が小さな声でそう言いつつ、手を伸ばしてきていた。

いや……、その……、すまんな
ううん。……いいの
ほんと。なんていうか。だからその
……いいの
いや。つまり具体的にいうとだ……。ありがとな
……はい

うしろの朝倉さん

いつもの教室。いつもの授業中。

眠気《ねむけ》を催《もよお》す授業に、キョンは懸命《けんめい》に耐《た》えていた。

昼食後。うららかに陽《ひ》のさす窓辺。そして退屈《たいくつ》な授業内容。——と。三つの悪条件が揃《そろ》って、キョンの意識は陥落《かんらく》寸前となっていた。

(ねえねえ。キョン君。キョン君)

真後ろの席から、ひそひそと声がする。朝倉《あさくら》の声だ。聞こえてはいたが、そのまま放置しておいたら——。

背中の上のほう。肩甲骨《けんこうこつ》のあたりに。ちくりときた。

びくっとなった。
○・五ミリのシャープペンシルの芯《しん》は、ブレザーおよびワイシャツの布地を貫通《かんつう》して、直接肌《はだ》まで届いてくる。よってかなり痛い。
(なんだよ！　なんの用だよ！　それ地味に痛いから)

(授業。ちゃんと聞いていなくちゃだめよ)

（聞いてるよ）

キョンはそう答えた。

たしかに眠《ねむ》くなっていたのは事実だが。べつに寝《ね》ていたわけでは――。

わけでは――。

……。

――ちくり。

（痛いって！　だからなんで刺《さ》すんだよ！）

（刺してないし。いま寝てたし）

（寝てないって）

（友達のよしみで言ってあげてるのよ？　授業聞いてなくて、あとで困るのは自分なんだから）

朝倉はそう言った。その言葉には、きっと他意などないのだろう。実際、彼女はクラスきっての優等生だった。委員長だってやっている。彼女が真面目《まじめ》な顔をして言うことは、自分自身が実行していることでもある。

しかし、この午後の気怠《けだる》い時間に抗《あらが》うことは、優等生ならぬ一般《いっぱん》生徒の身には、大変に難しいことであり――。

むずかしい……、ことで……、あり……。

……。

——ぐさっ。

声が出た。つい洩《も》れてしまった。

教室の何人かが、ちらりと振《ふ》り向いてくる。——そのくらいの声だった。

黒板に向かう教師は、さいわい、気がついていない。カツカツとチョークを打ち付けては粉にしてゆく作業の真っ最中だ。

「いてえ」

(だからなんで刺すんだよ)

(刺してないわよ。……そんなに強くやった？)

(おー。痛《いて》え。いま背中に大穴があいたぞ。直径〇・五ミリくらいの)

(大袈裟《おおげさ》)

(質問に答えてないぞ。だからなんで刺す)

(いま寝てた)

(寝てないって)

(こんど寝たらまた刺すから)

(やっぱ刺したんじゃないか)

やったやらないで言いあいをするのは、まったく不毛だった。

ふう……と、大きく深呼吸をする。眠気を払《はら》うためにも、深呼吸はたいへん重要で……。

眠気を……、払うためにも……。はらう……。

……。

——ふーっ、ふうーっ。

「わひゃぁ」

つい、声を上げてしまった。いま——耳元に吐息《といき》を吹《ふ》きかけられた。

こんどは教師もちらりと振り向いてきた。

素知らぬふりをして、皆《みな》と教師の視線をやり過ごすまで——数秒間。

(な、な、な、なにをする)

(刺すなって言うからでしょう。まったく……、刺せばいいのか。刺しちゃだめなのか。言ってよ。それで起こすから)

どちらかというと、刺さないほうのやりかたのほうが……。いやいやいや。

こんどこそ。絶対に居眠《いねむ》りをしないようにしよう。キョンは激しく決意した。

うしろの朝倉さんに刺されないために。

ワルイカオ。

仮に俺が居眠りをしていたとして、だな。長門を起こすように優しく起こすことできんのか？

なに？　こめかみぐりぐりのほうがよかった？

なぜそんな話になっている
長門さんにもそうして起こしているけど？

そうだった……

古泉こだわらない

「あたし。ちょっと出てくるから」

「あ。私も私もっ」

ハルヒと朝倉《あさくら》が連れだって部屋を出てゆく。

しかしなぜ女は連れだってトイレに行くのだろう。——と、そんなことを思ったキョンではあったが、それを口にしないぐらいのデリカシーは持ち合わせていた。

部屋にはまだ長門《ながと》もいることだし。

ただし長門が現実に返ってくるのは、早くとも数分後だ。さっき狩《か》りをはじめたばかりだ。

「なあ。古泉《こいずみ》」

「なんでしょう」

古泉に声をかけると、すぐに返事がきた。

「ハルヒがいないから聞くのだが……。あいつが、俺のことをお供Bとか言ってくるが、あれはどうにかならんのか」

「涼宮《すずみや》さんらしくていいじゃありませんか。僕は気になりませんけどね」

まあ古泉の場合はそう言うだろう。なにしろ〝ハルヒのお供〟を自任《じにん》するぐらいだ。

「だいたいなんでBなんだ」

「おや？　ひょっとして僕のお供Aのポジションを狙《ねら》っていたりしますか？」

「そんなことはひとことだって言ってない。……まあたしかに、BよりはAのほうが上って感じがするがな」

アルファベットでの並び順でもそうなっているし。成績やランクの称号《しょうごう》として使われる際にも、〝A〟のほうが上位となるのが普通だ。

「もし呼びかたの問題であるのでしたら、子分1と子分2という呼びかたは、いかがでしょう？」

「俺の感覚で大変恐縮《きょうしゅく》だが。〝子分〟のほうが、がっくり度が跳《は》ね上がっている気がするのだが……」

「そうですか？　僕は気になりませんけどね」

まあ古泉であればそうだろう。

「あとその子分1と子分2の場合。やはりおまえが1で、俺が2ということになるわけだな？」

「もちろんそうなりますが」

「そこは譲《ゆず》れないわけか」

「もし1という番号がお好きなのでしたら、僕的には譲ってもかまわないのですけど。でもこれは客観的事実の話ですから。僕が涼宮さんのお供ないしは子分ないしは手下の第1号であり、貴方《あなた》が2号であるということは、これは動かしようのない事実ですから」

「俺はべつに1番にこだわっているわけではないんだ。あと〝手下〟が増えてるぞ」

それはさすがにハルヒから言われた覚えはない。

「たとえばもしも仮に、いまここで僕が貴方に同意を示して、太陽が西から昇《のぼ》るものであると二人の意見が揃ったとしましょう」

「なぜ太陽の話になるんだ？」

「しかしやはり翌日になれば、太陽は東から昇ってくるわけです。客観的事実が動かないというのは、こういうことです」

「なぜ哲学《てつがく》の話になっているんだ？」

「涼宮さんの話ですよ」

しれっとした顔で古泉は言う。

「まあ俺ら二人が〝太陽が西から昇る〟に票を投じたところで、たしかに太陽は東から昇ってくるだろう」

「ご理解頂けて幸いです」

「だがな。ハルヒが言ったら、俺は太陽は西から昇ってきてしまいそうな気がする。あいつの一票は、十億票ぐらいはある気がする」

「はっは。なにを馬鹿《ばか》なことを」

古泉は笑った。そして真顔になり――。

「そんな十億だなんて少なすぎますよ。無限ですよ。無限票です」

真顔で言った。言いやがった。

「そうかもな」

キョンも同意を示した。

「では僕が手下Aないしは子分1ということで」

もともとはお供の話だったような気がするのだが。まあ。よくわかった。古泉がAないしは1を譲る気はないということが、よーく、わかった。

「ん？　どしたの？」

戻《もど》ってきたハルヒが、古泉とのあいだにある空気を敏感《びんかん》に嗅《か》ぎ取って、そう言ってきた。

キョンは肩《かた》をすくめて、「さあな」と言った。

僕は手下１でも
いいですよ
なに？　なんなの
いきなり。古泉君？
いえ。子分とか
手下とかの話ですが
それってぜんぜん違うわよ。
親分と子分は仲間の関係。
手下ってのは、道具とか
そういうニュアンスが
あるから、いやよあたし
僕が間違っていたようです

バレンタイン前日①

髪《かみ》をまとめ上げる。

エプロンの紐《ひも》を、ウエストの後ろで、きゅっと縛《しば》る。

「よし」

女の子としての戦闘《せんとう》準備が完了《かんりょう》する。これより調理に入る。

「準備できましたね？」

「うん」

私はこくりとうなずいて返した。彼女はいかにも若妻風といった装いで、エプロンがすごく似合っている。

自分も彼女ほど決まってはいないけれど、エプロンをしっかり身に着けている。袖《そで》もまくっている。

格好だけは完璧《かんぺき》だ。まず形から入るべき……。

材料のほうは、前に朝倉《あさくら》さんと買い物に出たときに、もうすべて買ってある。朝倉さんと一緒《いっしょ》に買ったので、間違《まちが》いはない。……ないはず。……ないといいな。

なんでもかんでも朝倉さんに頼《たよ》りきりで、自分でも、ちょっとどうかと思う。

「そういえばまだ聞いてませんでしたけど。何作ろうとしてたんですか？　材料を見るかぎり、そんなに手のこんだものではなさそうですが」

「え……？」

どんなの……って、それは普通《ふつう》の……。

いくら朝倉さん任せとはいえ、そのくらいは自分でも考えていた。その「設計プラン」を朝倉さんに話すことにする。

「えーと……、溶《と》かして、移して、振りかけて、それで固めたチョコ？」

ごくふつー。なんの変哲《へんてつ》もないチョコ。手作りチョコのなかでいちばん確実なやつ。自分でも絶対失敗しなさそうなカンジの……。

朝倉さんは笑顔《えがお》で聞いてくれてはいたが、その笑顔の下に、「絶対手伝わないと」という不退転の決意がある……ような気がする。

「もうすこし手のこんだのはどうです？　たとえばハートのチョコケーキとか」

「ハ……!?　いいっ。そこまでしなくて大丈夫《だいじょうぶ》っ」

私は手を上げて断った。

無理っ。教えてもらっても手伝ってもらっても、絶対、無理っ。初心者なんです。そりゃ朝倉さんがほとんどやってくれたら、どんな高等チョコも超絶技巧《ちょうぜつぎこう》チョコも出来るだろうけど、それじゃ自分で作ったことにはならないし……。

あとハート型だとか……、そんなの……、いったいどんな顔をして渡《わた》せば……。

はわわぁ……。

「そうですか？　あんまり簡単すぎると私が手伝うところないですけどね」

その簡単なのでも、たぶん一人では無理なんです。……初心者のレベルというものを、察してください。

「まあいいか。それじゃ早速《さっそく》チョコ、溶かしちゃいますか」

「うん」

私はうなずいた。

さっそくビニール袋《ぶくろ》から、材料のチョコを取り出そうとする。

――が。袋《ふくろ》が開かない。

開かない。開かない。開かない。

にゃあぁぁぁ!?

思いっきり力を込めたら、ぶばっと破裂《はれつ》して、チョコが……チョコがチョコが!?　チョコがあああっ!?

慌《あわ》てて拾おうとしたら、こんどはボウルがひっくりかえって——。カシューナッツが!?

カシューナッツがっ!?　あああああ。飛び散って——。でも三秒までにボウルに戻せば!

まだ大丈夫なはずで——っ!?

「ああ。慌てなくていいですから……」

朝倉さんの声はまったく慌てていなかった。すべて想定内という声色《こわいろ》だ。

チョコのかけらを拾い集めて、ガラスのボウルにすべて収める。そのボウルを電子レンジに入れようとすると——。

「はい。ストップ」

朝倉さんに止められた。またまた想定内という声色だった。

「そこは湯煎《ゆせん》でやったほうが上手に溶けますよ」

「ゆせん?」

なにそれ?

「やっぱり、手伝うところ、いろいろありそうですね」

朝倉さんは、なぜか嬉《うれ》しそうな顔で笑った。

はわわ……っ。

お、おねがいしますっ。

いいですか。長門さん
うん？
明日はチョコ渡す
大事な日なんですから。
今夜はゲームは禁止っ
えーっ？
えーっ、じゃない

バレンタイン前日②

早く寝《ね》なきゃ。

明日《あした》は大事な日。

ベッドの上で布団《ふとん》をかぶって、真っ暗な部屋の見えない天井《てんじょう》を、ぼんやりと見つめていた。

朝倉《あさくら》さんには、何度も念を押された。〝明日は大事な日。体調を整えるためにも、夜更《よふ》かしをせずに、きちんと睡眠《すいみん》を取ること〟——と。

それはわかっているのだけど……。だからゲームも早めに切り上げて、こんな時間から布団に入っているのだけど……。

眠《ねむ》れない。

眠れません。

だいぶ無理です。

明日が大事な日だと思えば思うほど、眠れなくなってきてしまう。

朝倉さんには「うん」と言ったけど。約束したけど。そうしないと泊《と》まりこみで監視《かんし》されちゃいそうだったから、そう言わざるを得なかったけど。

でも眠れないんだから。

しょうがないよね？

むくりと起きて。ぱちりと電気をつける。

そこに置いてあったゲーム機を取って、電源を入れ——たところで、はっと我に返る。

だめだめだめだめ！

——電源を落として、ゲーム機を遠ざける。

いまのはちょっとだけあぶなかった。ゲーム機のプラスチックの感触《かんしょく》を指先に感じたら、〝そっち側〟の意識にスイッチが入ってしまった。数学の問題を考えるときみたいな、雑念のない純粋思索《じゅんすいしさく》の、ゲームと自分、自分とゲーム、それだけしか意識にないセカイに旅立って行ってしまいそうになった。

ふう。

ベッドを下りて、キッチンへと向かう。水道で水をくんで一口飲む。

立ち止まってテーブルを見つめた。

薄暗《うすぐら》いキッチンのなかで、灯《あか》りもつけていないのに、そこだけ、一箇所《かしょ》だけ、光って見えている場所がある。

ラッピングされて、きちんとリボンまでついた箱が置かれている。その場所が光って見えている。

朝倉さんに手伝ってもらって、夕ごはんの前には、ぜんぶ終わっていた。

手伝ってもらったといっても、やったのは、全部、自分だ。

朝倉さんは、横で見ていてくれただけ。口で教えてくれただけ。〝ゆせん〟でチョコを溶かすのも、アルミの入れ物に流しこむのも、トッピングを振《ふ》りかけるのも、冷蔵庫に入れるのも、すべて自分でやった。

だから。うん。これは長門《ながと》一〇〇パーセントと言っていいかも。言えるかもっ。言えるよね？

そのチョコが光って見えているのは、たぶん錯覚《さっかく》で、気のせいで、本当に光っているわけではなくて――。

光ってないよね？

キッチンの右と左に位置を変えて、眺《なが》めてみる。やっぱりあのあたり一帯が光っているように見える。

でもこれは、そのように見えてしまっているだけ。そう見てしまっているだけ。

なぜなのかは、よくわかっている。

それは大事なものだから。

それは素敵なことだから。

それはこわいことだから。

チョコを作るだけでも、自分にとっては勇気をかき集めなければならなかった。明日はこれを渡すのだ。

渡せるの？　ほんとうに？

自信はない。まったくない。自信がないということに、完全な自信がある。そんなことに自信があってもしょうがないけど。

でも渡さなきゃ。

なぜなら……。渡したいから。

自分に素直《すなお》に。自分に忠実に。そして自分に――貪欲《どんよく》に。

チョコを渡そう。そして、もし断られなかったら、「いらない」と言われなくて、受け取ってもらえたなら――。そのときは――。

チョコを見つめる。

がんばれ。チョコ。がんばって。

わたしも――。がんばる。

がんばる。がんばる。
がんばって

あした。あした。
たいへんだ

あう～。うあ～。
あああああああああ

あ。素材でた

夢

「なあ朝倉《あさくら》」

いつもの放課後。いつもの文芸部の部室。

部屋にはキョンと長門《ながと》と朝倉と、三人だけ——。臨時部員の二人は今日は休みの日。

キョンはふとした疑問を解決するために、朝倉に話しかけた。

その考えは、ここしばらく、ずっと頭の片隅《かたすみ》にとどまっていた。話すべきかどうすべきか。聞くべきか聞かざるべきか。それが問題だ。

「なに？」

窓の外を見ていた朝倉は、髪《かみ》を振ってすぐにこちらを向いてきた。

「いや。べつにたいしたことではないのだが……」

そう前置きした上で、キョンは本題を口にした。

「なあ朝倉。おまえ。ナイフとか持ってるか？」

「え？　いま？」

きょとんと、朝倉はまばたきをする。

「べつにいまじゃなくてだな。所有物のなかにあるかという話だが」

「え？　なに？　ナイフ？　包丁なら……いくつかあるけど？　ああ果物ナイフ？　なにリンゴでも剝《む》きたいの？　いくら朝倉さんでも――、いつもは持ち歩いていないわよ？」

「いや。なんというか。つまりだな」

「どこ？　リンゴ？」

すっかりリンゴを剝く話になっている。

見れば、ゲームをやっていた長門も、「リンゴ」という単語に反応したものか、こちらに顔を向けていて――。目が合うと、ささっとゲーム画面に視線は戻《もど》っていってしまう。

「おまえはいまナイフは持っていないと自分で言ったろう」

片手を差し出してくる朝倉に、キョンはそう言った。

「そうだけど。家庭科室にでも行けば、料理部に借りて――」

「だから。リンゴは――ない」

どうも話題がリンゴに突進《とっしん》していってしまう。キョンは念を押すように、そう言った。

「ないの」

朝倉は納得《なっとく》したようだ。

「なんでないの」

全然だった。

「え……。ないの？　リンゴ？」

長門の声が、そこで小さく響《ひび》いてくる。

「ほら長門さんも期待しちゃっているじゃない」

そういえば長門は、意外と食いしんぼうであって――。

「すまん。長門。リンゴはない。ていうか。俺はリンゴの話をしていたのではなくて、朝倉が、こう……ごっついナイフを持っていないかと、そう質問しただけでだな」

大きさと形を手で示す。刃渡《はわた》り十数センチはありそうな凶悪《きょうあく》な形状を二人に示す。

「なんで私が、そんな人を殺せそうなナイフを持ってるのよ？」

「いや。だからだな……」

「それって銃刀法違反《じゅうとうほういはん》よね？」

「説明させろ」

「してよ」

ようやく説明させてもらえる。

「だから。夢でだな……」

「夢？」

「おまえが、こう、デカくて、ごっつくて……。所持したら法に触《ふ》れそうなナイフを持っていてだな。それをぶんぶん振り回して、俺を殺しにくるわけだ」

「それって、夢の話よね？」

「ああ。だからさっきから夢の話だと、さっきから……。しかしだな。ワイドスクリーン仕様で、なんかすげぇリアルな感じで……」

「私。そんなにキョン君のこと恨《うら》んでた？」

「俺に聞かんでくれ」

「貴方《あなた》の夢の話でしょ？　私に聞かれたって困るわよ」

「そういえば、また別の日の夢だと、なんか、脇腹《わきばら》を刺《さ》されもしたなぁ。しかも刺したあとに、ご丁寧《ていねい》に、ごりっとねじってゆくんだよ。あれは完全に殺しにきていたな」

「二回も殺しちゃうの？」

朝倉は面白《おもしろ》そうに笑った。その笑顔《えがお》には、ちょっとギクりとなった。

「殺しちゃだめ」

長門の声がする。本気にしてしまったのか、ふるふると顎先《あごさき》を振って朝倉にすがりつく。

「だいじょうぶ。殺さないから」

朝倉は優等生の笑みを、長門に向けた。

あ……、朝倉……
やめろ……
長門さんを脅かす物は
わたしが排除する。
そのためにわたしは
ここにいる
や、やめろ……
死ねばいいのよ。痛い？
それがあんたの感じる
人生で最後の感覚だから
やめろー！
……って。なんだ……。夢か

めがねめがね②

「あれ……？」

いつもの放課後。いつもの文芸部の部室。

うららかな西日が差しこむ部室で、長門《ながと》が、むくりと身を起こした。

キョンは朝倉《あさくら》と二人で、こっそり顔を見合わせた。しばらく前から寝息《ねいき》のリズムが変わったことには、二人とも気づいていた。もうすぐ起きるだろうと思っていたら、やっぱりその通りだ。

「あれ……めがね？」

長門は眼鏡を探しはじめた。しかし見当たらないようだ。

「ね？　めがね……。さがして？」

長門がまず頼《たよ》ったのは、保護者であるところの朝倉だ。

「ああ。はい。探しますよ。キョン君も……おねがいね？」

「あ、ああ……」

激しいデジャビュを感じながら、キョンはそう答えた。

このやりとりは、前にもあった。

あのときには、長門の探す眼鏡は、おでこの上にのっかっていて……。

そして今回もまた、その場所にあった。

「めがね……、めがね……」

眼鏡を探す長門は、まだ寝《ね》ぼけている。

「めなげ……、めなげ……」

このあいだとまったく同じように〝めなげ〟を探しはじめる。

キョンは朝倉と顔を見合わせた。――いや。目線はついに重ならなかった。愛のこもったまなざしで長門を愛《め》でる朝倉は、ついぞ、キョンと視線を合わせることはなかった。

前回のときには、いちおう探すふりくらいはしていたものだが、今回はまったく手が止まっている。

眼鏡を懸命《けんめい》に探す長門は、まったく気がついていない。見えていないのかもしれない。

「あっ……」

長門が椅子《いす》に足を引っかけた。

バランスが崩《くず》れて、転びそうになる。――が。キョンは手を伸《の》ばして、長門の腕《うで》を掴《つか》まえた。しっかりと支える。

「だいじょうぶか」

「あっ……。ごめん。……ありがと」

「そんなに見えないのか？」

キョンはそう聞いた。

自分は眼鏡のお世話になったことがない。視力の低い人間の視界がどういうものなのかわからない。そんなに見えないものなのだろうか。そんな足元にある物体にぶつかってしまうほどだとか……。まあ実際にぶつかっているのだから、そうなのだろうが……。

「うん。足元は……、ちょっとこわくて……」

「そうか。じゃあ眼鏡。はやく見つけないとな」

そうは言ったものの——。眼鏡は長門のおでこにある。前回もその位置で見つけたというのに、長門はすっかり忘れているようで、まだ気がつかない。

言いだしづらい。まったくもって言いだしづらい。

自分で気づいてくれないだろうか。長門の顔を、じーっと見つめていると——。

「あの……、ちょっと、外……、行きたくて」

「え？　外か？」

部屋の中でさえ危なっかしいのに、廊下《ろうか》に出るのは、もっと危ないだろう。

「キョン君が手を引いていってあげればいいんじゃないかしら～」

朝倉の声がかかった。ニヤニヤと笑う顔が、なにかを言いたげだ。

「おねがい……できる？　すぐそこだから……」

「いや……、まあ……、かまわんが」

断る理由が見つからなかったので、キョンはしかたなく、長門の手を引いて部室を出た。

「ごゆっくり～」

朝倉の声が、なんだか粘《ねば》っこく響く。それをドアの向こう側へと閉じ込めてやる。

長門の手は、ひんやりとしていた。男よりだいぶ小さなその手を、強くなく、弱くもないように気を遣《つか》いながら、握《にぎ》りしめて、廊下を真っ直《す》ぐに先導してゆく。

長門の〝用事〟のある場所は、本当にすぐそこだった。各階に一つずつある場所で――。

まあいうならば、つまり、男子禁制の場所というか――。そうした場所だ。

中までは入るわけにはいかず、キョンが外で待っていると――。

「ああーっ!!」

長門の悲鳴が聞こえてきた。一瞬《いっしゅん》、飛びこもうかと思ったが、すんでのところで思いとどまった。

ああ。なるほど。トイレに入れば手を洗う。そうすれば鏡を見ることになるわけだ。

なあ。長門。
つかぬことを
聞くのだが……？
うん。なに？
なぜ眼鏡のことを
〝めなげ〟と言うんだ？
……言ってないよ？
そうだな。すまなかった。
俺の勘違いのようだ

バレンタイン当日PARTI①

「で……?」

仁王《におう》のように立ち尽《つ》くす朝倉《あさくら》から睨《にら》み下ろされて、長門《ながと》は枕《まくら》を抱《だ》きしめて、がたがたと震《ふる》えていた。

「例のごとく寝付《ねつ》けないから、ゲームをしてたら朝でした……と」

がくがく。ぶるぶる。長門は半泣きで枕にしがみついた。

「あっはっは」

朝倉が笑う。目が笑いの形になる。

許してくれたのかと思って、長門もつられて笑おうとすると——。

「さっさと顔洗ってきなさーい!」

「はっ、はいっ!」

お母さんは怖《こわ》かった。長門はマッハで顔を洗った。

＊

「長門さん、急いでください！」

「う、うん」

長門は急ぐのは苦手だった。制服を頭からかぶって、身だしなみを最低限、整えて——。最後にマフラーをくるりと首に巻く。あとなにか忘れ物は……？　あれ以外のもので、忘れ物は、なにかあるかと考える。

たぶんない。——そう結論を出す。あれ以外のものであれば、たとえ忘れても、問題はない。損害は軽微《けいび》。でもあれを忘れたら被害甚大《ひがいじんだい》。再起は不能。大破轟沈《ごうちん》。

長門はキッチンへと走った。昨夜のまま、テーブルの上に置かれている「あれ」のもとへと駆《か》け寄る。もちろん彼女が忘れるはずがない。

綺麗《きれい》にラッピングされた箱を手に取る。

そして——。ぎゅっと胸に抱き寄せた。祈《いの》りでも捧《ささ》げるように。

がんばれ。がんばって。がんばるから。——今日はとても大事な日。

「長門さーん！」

朝倉に呼ばれて、長門は、はっとなった。びくってなった。

「いま行くー」

長門は、わたわたと玄関《げんかん》に駆けていった。

＊

「そういえば、いつ渡《わた》すんですか？　チョコ？」

学校までの道すがら、朝倉がそう言った。

「え？」

長門はどきっとした。言われてみてはじめて、ノープランだったことに思い至る。前日までは、チョコを作るのに精一杯《せいいっぱい》で、ほかのことを考える余裕《よゆう》などなかった。そして家を出るまでは、チョコを忘れないことに精一杯で、ほかのことを考える余裕などなくて――。

チョコを渡すという、これまで夢想のなかにあった概念《がいねん》が、どんどん現実味を帯びて迫《せま》ってくる。

長門は、いま考えた。やっぱり現実的にいうなら――。

「えと……、それは……。やっぱり部活の時間かな？」

「ほう？　みんながいる中で渡すんですか？」

「あうっ⁉」

長門は想像した。そして硬直《こうちょく》した。無理無理。ムリっ。むりです……。

「それなら、どこかで二人きりになる必要がありますよね」

「二人っきり……？」

「そ。キョン君を呼び出して」

その言葉をまた想像する。呼び出す……。呼び出す……。いったいどうやって？

「ハードル……、高いよ……」

「ええい、シャキっとなさい！」

背中をばっしーんと叩《たた》かれた。たいした強さじゃないのだけど、手首のスナップがきいていて、とても痛い。

「チョコを渡すハードルがあるんだから、ひとつやふたつ増えたところで、軽い軽い！」

「うう、そういう問題かなぁ……」

渡すところのハードルが一番高いことは確かなんだけど……。でも他《ほか》のも高いよ？　たくさんあるんだよ？

「どうせいくらハードルが増えたって、渡すんでしょ？　それ？」

朝倉は立ち止まって、言ってくる。

「うん、渡すよ」

長門は返事を返した。

そこだけは確定事項《じこう》。もう決めたこと。

好きな人以外からの
チョコって……迷惑
だったりするんでしょうか？
いや……、
そんなことは……
どーでもいいじゃん！
こんなのは渡す側の
自己満足さー。自分のために
ばーんと渡しちゃえー
う……、は……はいっ

バレンタイン当日PARTI②

「では、本日の作戦を伝えます。よく聞いてくださいね」

昼休みが終わって部室の戸締《とじ》まりをするとき——。朝倉《あさくら》が、そう言った。

「う、うん」

神妙《しんみよう》な面持《おもも》ちで、長門《ながと》はうなずいた。授業中、どうやって彼を呼び出すか、考えていたのだが……。いまに至るまで、結局ノープランのままだった。

「まずは、長門さん、部室の鍵《かぎ》を出してください」

我に秘策あり——という顔で、朝倉が手を差し出してくる。

「うん」

長門はポケットを探《さぐ》って、出してきた鍵を——彼女の手の上に、ちょこんと置く。

「はい」

「さんきゅ」

鍵の受け渡しが行われる。部室の鍵を管理するのは部長の仕事であるのだけど……。いまは作戦のため。彼女に預ける。

「放課後、私がこの鍵をキョン君に渡して、部室を開けておいてと頼《たの》みます。長門さんが少し遅《おく》れるから、先に行っとくようにって伝えるわね」

「あっ。なるほど」

長門は思わずそう言った。呼び出すことばかり考えていたが、なにも呼び出す必要はないのだった。皆《みな》の前で渡すことが回避《かいひ》できれば——。二人きりのシチュエーションを生み出しさえすれば——。

「キョン君が部室を開けたあとで、長門さんが行けば、あら不思議。部室には長門さんとキョン君の二人だけの空間が」

ひ——。

「ひゃあ」

長門は頰《ほお》を押さえてうずくまった。

「私はその後、さらに遅れて行きますから。——健闘を祈ります」

ひゃあ。ひゃあ。

ほっぺたが熱い。

「こらこら、今からそんなになってどうするんですか？　大丈夫《だいじょうぶ》ですか？　ちゃんと出来ますか？」

「う、うん、わかった……」

作戦を考えてくれた朝倉に、長門はうなずいて返した。

自信ないけど。できる自信はまったくないけど。ほっぺた熱いけど。考えただけで、ほっぺた熱くなっちゃうんだけど。

でも。やる。できるできないじゃなくて――。やる。

そう決意したら、気持ちがすこしは楽になった。

――と。長門は、ふと、あることに気がついた。

「あれ？　でも……？」

朝倉の立ててくれた作戦には……。論理的な見落としがあるのでは？

「そんなに回りくどいことしなくても……、私が急いで部室に行って、彼を待っていればいいんじゃ……？」

その方法でも「二人きりの空間」という条件は満たせる。数理的に間違《まちが》っていないはず。

「はあ……」

朝倉が大きくため息をつく。なにか間違っていただろうか。長門はじっと見つめ返した。

「いいですか。長門さん。考えてもみてください。キョン君が待っている部屋に自分が行くのと……。それとは逆に、キョン君が来るのを、部室でずっと、今か今かと待っているのと……」

長門は考えた。ためしにシミュレーションしてみた。

ドキ。ドキ。ドアのノブを握《にぎ》る自分。ドキ。ドキ。……開けると、そこには彼がいて。

かたや――。

椅子《いす》に座って待っている自分。彼はまだ来ない。いつ来るか。いまか。三秒後か。それとも五秒後か。

ドキ。ドキ。どきん。どきん……。心臓の鼓動《こどう》は、どこまでも際限なく、高まっていって……。

破裂《はれつ》します！

「すみません。自分で行くほうにしてください！」

「でしょ？」

朝倉は笑った。

「そういうわけなので、すこし多めに時間を作って……でも、ちゃんと心の準備を整えて渡してくださいね」

「うん」

長門はこくんと、首を折るようにしてうなずいた。

キョン君。キョン君
刺すなよ？　それ
地味に痛いんだから
今日。部室開けておいて
くれない？　長門さんが
すこし遅れるから。
——はい。これ鍵
ん？　ああ。
……かまわんが？

おでんづくし

いつもの昼休み。いつもの文芸部の部室。

キョンは朝倉《あさくら》、長門《ながと》——と、三人で食事をしていた。

昼食を部室でとることは、ほぼ、文芸部の慣例といってよかった。

朝倉とはクラスが同じだが、長門とは違《ちが》う。どちらかのクラスで集まって食事をするのでは、それはそれで色々な問題が発生してしまう。

朝倉と二人して、長門のクラスに押しかけるというのは、それは迷惑《めいわく》というものだ。かといって、長門一人がキョンたちのクラスに来るというのも、長門の性格を考えると実現は、はなはだしく困難だ。

だいたい女子二名と食事などしていれば、谷口《たにぐち》あたりが騒《さわ》がしくてかなわない。よって現実的な選択《せんたく》としては、部室で三人でお弁当を広げる——ということになるわけだった。

「キョン君。飲み物。どれがいい？」

朝倉がそう聞いてきた。三本の飲み物のうち、どれがいいかと、そういう話である。

三人で食事をしていれば、こうした余禄《よろく》もついてくる。もっとも朝倉が世話焼きなのは、長門に対してだけであり――自分はその〝余禄〟にあずかっているだけであるということは、重々、承知しているが。

「じゃあ、お茶で……」

ぱちりと机に小銭《こぜに》を置く。そしてキョンがお茶のパックに手を伸《の》ばすと――。

「それはだめ。長門さんのだから」

「じゃあフルーツミックスで……」

「朝倉さん。今日はちょっとフルーツをとりたい気分」

「じゃあ残りのでかまわんが」

朝倉からもらった残り物は、「イチゴミルク」だった。――どうしろと？

長門と朝倉は、会話しながら食事をする。二人の弾《はず》む会話をキョンはＢＧＭとして聴《き》きながら箸《はし》を進める。たまに会話に交ざることもあるが、基本的には、聞き役であり、観衆であった。

「ね。長門さん。夕飯はおでんでいい？」

「そんなに毎日おでんなのか？」

――が、今日は、つい思わずそう聞いてしまっていた。

前に朝倉の――じゃなくて、長門の部屋に行って夕飯をごちそうになったときにも、あたりまえのように「おでん」が出てきた。

朝倉はよくおでんの話をしている。スーパーに寄ったときの買い物袋《ぶくろ》の中身も、おでんの具が満載《まんさい》だ。

ひょっとしてまさかとは思うが。毎日毎日、おでんをやっているのではなかろうか？

聞いてみたのは、一瞬《いっしゅん》、そう思ってしまったからである。

「そんなに毎日はやっていないわよ。週一くらいよ？」

すこしほっとした。

しかしそれでも多くないか？　週一って？　どのくらいの頻度《ひんど》が普通《ふつう》だ？　普通の家ではどのくらいか？　月に一回？　それとも二回くらい？

「週二はやってるよ」

長門の証言によって、朝倉の偽証《ぎしょう》が暴《あば》かれる。

「え？　そ、そう……？　そんなにやってたかしら？」

「うん。今週。まだ金曜日だけど。ほら、火曜と、今日とで……二回」

指を二本折って長門が言う。

「そ、そうね……、今週は……、たまたま二回になるわね」

朝倉は笑顔《えがお》で笑ってはいたが……。その笑顔が引き攣《つ》っていることは、毎日、昼の食事で定点観測しているキョンにとっては、明らかであった。

しばし、黙々《もくもく》と食事が続いた。すっかりお通夜《つや》の雰囲気《ふんいき》となっていた。

「あ、あの……、長門さん？」

意を決して、太い眉毛《まゆげ》をきりりと寄せて、朝倉が長門に声をかけた。

「あのね、ひょっとしてね……、もしそうだったら、遠慮《えんりょ》なく言ってね？　週二のおでんって……、あの……、ひょっとして……、多かった？」

「ううん」

長門は首を横に振《ふ》った。

「朝倉さんのおでん。……おいしいよ？」

きょとんと首を傾《かし》げつつ、そう言った。キョンにもわかった。朝倉にももちろん伝わったはずだ。長門は気を遣《つか》って遠慮してそう言っているのではない。本当に本心から、そう思っているのだということを——。

朝倉の顔が、ぱあっと輝《かがや》いた。

「じゃ、じゃあ——もっと増やしてもいいいっ⁉」

「自重しろ」

キョンはそう言った。

なによう！
いいじゃないよう！
やれやれ。
すっかりダダっ子だな
朝倉さんのおでん。
好きだよ？
ほら言ってくれた！
週三でも週四でも、いえ！
いっそ週八でも——
繰り返し言うが、自重しろ。
あと週八は無理だ

古泉こだわる四天王

「なあ。古泉《こいずみ》」

いつもの放課後。いつもの文芸部の部室。

ハルヒでも朝倉《あさくら》でもなく、キョンは古泉に話しかけた。

あたりまえのような顔でそこにいる、文芸部ミステリー部門臨時部員に、ちょいと聞いてみたいことがあった。

「なんでしょう？」

文庫本に栞《しおり》を挟《はさ》む動作も、組んでいた足を解いてこちらを向く動作も、なにもかもすべてが洗練されていた。男に対しても女に対しても同じように向けられる爽《さわ》やかハンサムスマイルが、キョンに対しても向けられる。

「四天王でいうとだな。……おまえはどうなる？」

謎掛《リドル》けのような質問を投げかける。

すべてを持っていそうなこの男は、そのハンサム面《づら》にふさわしく、物事にこだわらないおおらかな性格を持っていた。……と、すくなくとも、これまではそう思われていた。

だがそうではないことが判明した。

このあいだ古泉は、お供Aか、お供Bかにこだわっていた。あるいは、子分1か子分2かにこだわっていた。AかBか、1か2か――その順列にこだわっていたのだ。

では四天王ならどうなるのか？

「四天王……ですか？　それはいわゆる魔王《まおう》の配下の四人という理解でよろしいですか？」

「ああ。そうだ。……誰《だれ》が魔王かということについては、この際、説明の必要はないな？」

「難問ですね」

古泉は顎《あご》に手を持っていって考える仕草をする。

「一般《いっぱん》的に四天王といいますと、四大元素でいう地水火風のイメージ、もしくは、風水でいう木火土金水のうちから、四種をあてはめて、役を与《あた》えたりしますよね」

「そういうものかもしれないな」

キョンは適当に同意を示した。四天王の考証についてはどうでもいい。聞きたいのは、古泉がなにを選ぶのかだ。

「属性同士に、相性《あいしょう》関係による強弱はあっても、べつにそこに上下はないですしねえ……。自分がどれになるのかは、ちょっとわかりかねますね」

してやったり。

笑みが顔に出てしまったか。古泉は——はっと気がついた顔になった。

「ああ。なるほど……。そういうことですか」

いま古泉は、自分で白状したのに等しかった。自分が順列にこだわっているのだと。ハルヒの四天王においても、一番でなければ嫌《いや》なのだと。

古泉は苦い顔だった。このハンサムから一本を取ることはゲームの中でも難しい。ましてや現実のなかでは、もっと難しい。

「飲み物買ってくるかな。——古泉。なにがいい？」

「おや。奢《おご》ってくれるんですか？」

いま大変に気分がよい。おおらかな気持ちで、奢ってやろうじゃないか。

「なに男同士で怪《あや》しい話をしてるのよ？」

朝倉と話していたハルヒが、こちらに顔を向けている。

「べつに怪しい話はしていない」

「ね？　四天王とか言ってた？　なんの話？　なんの話？」

「涼宮《すずみや》さんが魔王だとしたら、四天王の各ポジションには、誰が就《つ》くのかという話ですよ」

「魔王——っ！」

ハルヒは目を丸くして大きな声をあげた。

「いいわね！　それ！　じゃあ有希《ゆき》と涼子《りようこ》と古泉君とキョンとで、四天王なわけね！——ねえ！　ねえ！　涼子、涼子っ！　あんた——四天王ならどれがいい⁉」

ハルヒは朝倉の肩《かた》を、両手で摑《つか》んで、がくがくと揺《ゆ》さぶる。長門《ながと》と話していた朝倉は、首をがっくんがっくん揺らしながら、こちらに向く。

「え？　ゲーム？　朝倉さん、ゲームならやらないわよー？」

「四天王？　ゲーム？　なに？……やりたい」

わかっていない朝倉と、ゲームと勘違《かんちが》いしている長門と、二人も話題に加わった。

「水の涼子ってどうよ、どう？　あと地の有希もいいわよねー。でもキョンは火ってイメージじゃないわね。古泉君はもっと違うし。ああ——そうだ。古泉君は風よ！　風！」

「風の大将軍を拝命いたします」

笑いながら、キョンは席から立ち上がった。古泉のやつ。大将軍とかつけてるし。

「あー。ハルヒ。盛り上がっているところ、恐縮《きようしゆく》なんだが——」

飲み物を買うためにドアに向かいつつ、キョンは振り返って、ハルヒに言った。

「——文芸部四天王を決めるなら、谷口《たにぐち》も国木田《くにきだ》も入れてやれ。名義だけの幽霊《ゆうれい》だが、あいつらも一応部員だしな」

げっそりとしたハルヒの顔を横目に見ながら、キョンは部屋を出た。

朝倉さんは……。
水じゃなくて、
地じゃないかな？
あーそっか！
頑固だから！　地よね地！
うん？　だから朝倉さん。
ゲームならやらないわよ？
しかしそうすると問題が
ありますね。彼が火と
いうことになりますが
絶対ないわ！
キョンが火とかないわよ！
ないない！

バレンタイン当日PARTⅡ①

そして放課後。

私は——。

真鍮《しんちゅう》の丸いドアノブを前にして、ひるんでいた。

すー、はー、すー、はー、と、深呼吸を繰《く》り返す。

するべきなのは、ノブを握《にぎ》って、回して、押す。ただそれだけのこと。——なのに、そんな簡単なことを、できる気が、まったくしなかった。

私は鞄《かばん》を引き寄せた。

鞄の中に大事にしまってあったチョコの包みを取り出す。

胸元《むなもと》に抱《だ》き寄せて、祈《いの》りを捧《ささ》げる。

どうか勇気をください。

渡《わた》したい。

渡したい。

渡したい……。

チョコを。

あの人に。

彼に……。

このチョコを渡したいんです。

自己満足だということはわかっています。

あの人はひょっとしたら私に好意を持っていないかもしれず、その蓋然性《がいぜんせい》は、たぶんだいぶ高くって――。

そんな女の子からチョコをもらっても、迷惑《めいわく》なだけかもしれない。

それでも私は自分の気持ちを伝えたい。

傲慢《ごうまん》です。

わがままです。

でも自分自身の偽《いつわ》らざる気持ちでもあります。

あの人は――。

私が市立図書館で困っていたときに、利用者カードを作ってくれました。

あの人は――。

部員が足りなくて、文芸部が廃部《はいぶ》の危機にあったときに、残り三人を魔法《まほう》のように集めてくれました。

もちろんわかっています。

利用者カードを作ることは、普通の人なら、なんでもなくできること。私がそれをできずにいたのは、ただ単に、私が普通以下というだけ。

部員が足りずに困っていたときには――。これは普通の人でもかなり困ると思うけど。でも朝倉《あさくら》さんみたいな明るくて優《やさ》しくて美人で人気のある人であったら、簡単に解決できてしまえることでもありました。現に私は朝倉さんが解決してくれると言ったときには、意地汚《いじきたな》くも、期待してしまっていました。

白馬の王子様に憧《あこが》れているわけではありません。

あの人が、私が困っていたときに現れたから……。私を助けてくれたから……。私のピンチに颯爽《さっそう》と現れてくれた、私の特別な人なのだとか……。

そういうことではないんです。

私が私なりに、自分なりに、自分にできる最大戦速で――微細《びさい》かつ零細《れいさい》に、それでも一生懸命《いっしょうけんめい》に頑張《がんば》っていたとき、あの人は、ほんのすこしだけ背中を押してくれました。

そのせいで私は頑張りきることができました。いまの私になれました。

だから感謝しています。

それだけなんです。
その気持ちを伝えたいから……。チョコを作りました。
だから。チョコを。渡さないと。
チョコを――。私は――。渡すんだ！
私はドアノブを握りしめた。
ゆっくり、ねじって――開く。
部屋の中にある人の気配に向かって用意していた言葉を言う。
「……お、遅《おく》れて……、ご、ごめんなさい」
あの人の姿が見える。
やっぱりいた。いてくれた。
――だが部屋に一歩踏《ふ》みこんだところで、私の足は凍《こお》りついてしまった。
部屋の中に、あの人のほかに――ハルヒさんもいたからだ。
そしてハルヒさんがあの人に渡そうとしているのは――チョコで。
あの人の手は、それを受け取っているところで――。
「え……？」
私は目を丸く見開いた。

はい。キョン。
——感謝しなさいよ
え？
ああ……。すまん
なに謝ってんのよ。こういう
ときには、ありがとうって
——え？　有希？
長門？

バレンタイン当日PARTⅡ②

うっふっふ……。

長門《ながと》さん。一人で行けましたね。

部屋の中に入っていった長門さんを、こうして草葉《くさば》の陰《かげ》から見守りながら……。私は、心の中でガッツポーズを決めていた。

長門さんが、ドアノブとにらめっこをやって、ずいぶん長いこと立ち尽《つ》くしていたときには——。ええ。そりゃもう。心配しましたとも。

でも、ずいぶん時間はかかりましたが、ちゃんと一人で行けましたね。

感心感心。

さて。

中の様子を聞かなくては。

どんな会話が行われているのか。ぜひ聞き耳を立てなくては！

私がドアの前に、こそっと近づいて行こうとしたとき——。

ドアが開いた。

——長門さんが部室から飛び出してくる。

「え？」

立ち尽くす私の脇《わき》を、長門さんが駆《か》け抜《ぬ》けて行った。

「ちょ——⁉　長門さんっ⁉」

長門さんはそのまま、物凄《ものすご》い勢いで階段を駆け下りて行ってしまう。

「もうっ、なにがあったのよ」

私は部室に引き返した。

「キョン君！　なにがあったの⁉」

私の目に映ったのは——。

涼宮《すずみや》さんと一緒《いっしょ》にいるキョン君。そして、キョン君の手には——チョコがあった。

長門さんのチョコじゃない。違《ちが》うチョコだ。

なんてこと……⁉

震《ふる》える私の足に、こつん——と、なにかが当たった。

足元を見て、私は絶句した。

長門さんのチョコは、そこに落ちていた。床《ゆか》の上に取り残されていた。

総毛立った。

なにが起きたのかを理解するには、一瞬《いっしゅん》で事足りた。

長門さんは、涼宮さんがキョン君にチョコを手渡《てわた》す——まさにその〝現場〟に出くわしてしまったのだ。

「あっ……あんたねえっ！」

私は彼女に怒《いか》りを向けた。私は、基本——人のことを「あんた」なんて呼んだりしない。でもいまはそう叫《さけ》んだ。

「あのー。なにかあったんですか？」

私の後ろから、古泉《こいずみ》君が部屋に入ってくる。

その彼のおかげで、私はかろうじて——彼女を罵《ののし》りまくることを自制できた。

「何もないわよ」

彼女が古泉君に言う。

腰《こし》をかがめると、彼女は、床に落ちているチョコを——長門さんのチョコを拾いあげた。

ぽんぽん、と、手で埃《ほこり》を払《はら》う。

「あったのは——ちょっとした誤解だけ」

彼女はそう言いつつ、古泉君の胸元《むなもと》に、自分の持っていたもう一枚のチョコを、ぐいっとばかりに押しつけた。

それで私は、彼女がキョン君に渡したチョコが、義理であると判断した。キョン君の手にあるものと、まったく同じチョコだったからだ。

つまり――。

ただ間が悪かっただけなのだ。長門さんが部室に来る前に、彼女のほうが、偶然《ぐうぜん》、先に部室に来てしまって――。たまたま渡すつもりだった義理チョコを――。

でも、だからといって――！

「おお。頂けるんですか？　ありがとうございます」

事情がまだよくわかっていない古泉君は、素直《すなお》に喜んでいる。彼の場合には、彼女からもらえるのであれば、なんであっても喜ぶのだろう。

私はまだ納得《なっとく》できていなかった。彼女のことをにらみつけている。

古泉君にチョコを渡した彼女は、ようやく――私に顔を向けてきた。

私には言いたいことが山ほどあった。だがその機先を制して、彼女は――。

「怒鳴《どな》るのは、走りながらでもできるわよね？　今はあの子を追いかけましょう」

「わ――わかってるわよ！」

私は叫び返した。

彼女に言われるまでもない。

どこ！　どこっ!?
長門さん！　どこっ！
落ち着いて涼子。
たぶん外だと思うから
長門さん！　長門さんっ！
昇降口のほうから
中庭に行ってみましょう。
──ほら行くわよ！

バレンタイン当日PARTⅡ③

「長門《ながと》さーん！　長門さーん！」

昇降口《しょうこう》から飛び出して、中庭をまず捜《さが》した。

声を発して、きょろきょろしながら、彼女は駆けている。

「長門さーん！」

懸命《けんめい》に有希《ゆき》を捜している。

あたしはそのうしろに、なんとなくついて行っていた。

さっきの彼女は、まるでケンカを売ってくるような雰囲気《ふんいき》だったが……。いまは有希を捜すことだけに集中している。

あたしはちょっと拍子抜《ひょうしぬ》けしていた。

さっき睨《にら》まれたときには、ぶっ殺されるかと思った。

しかし彼女は、さっき物凄い目で一睨みしてきただけで、そのあとは、なにも言ってきていない。

「長門さーん！」

有希を捜す彼女の、そのひたむきな背中を、ずっと見ている。彼女のその背中に、非難され続けているようで――。

あたしは大変に居心地《いごこち》が悪かった。

「あ……」

言おうかどうしようか、ずいぶんと迷った。そのあげくに――結局、あたしは、口を開いた。

「謝んないわよ？　べつに渡《わた》すぐらいいいじゃない」

「……」

彼女が立ち止まる。背中がびくっとなって、すべての動きが停止している。

「こんなのイベントでしょ？」

あたしはその背中に、さらに追い打ちをかける。どうすればこの居心地の悪さから抜け出せるか――あたしは、だいたい知っていた。

「そ……」

彼女が肩《かた》を震わせる。

多分に言葉に込めた挑発《ちようはつ》が、彼女の防壁《ぼうへき》を、ついに突破《とつぱ》する。

「――それが違うから！　怒《おこ》ってるんですよ!!」

うっわ。――泣いてた!!

ええええっ。泣くのっ!?

「ただのイベントじゃないんですよ!!」

目の端《はし》に涙《なみだ》を溜《た》めて、彼女はあたしをにらみつけてくる。

泣いてる！――泣くほどっ!?

人のために泣けるんだ。そんなにあの子のことが大切なんだ。

「――そんなことくらい!! あなたにだってわかっているでしょう!? 長門さんが渡すって知ってて！ なんで！ 先に渡しちゃうんですかっ！」

彼女はずんずんとあたしに迫《せま》ってきた。胸倉《むなぐら》摑《つか》まれるぐらいの成り行きを、あたしは覚《かく》悟《ご》した。

「いくら義理チョコだからって言ってもですねっ！」

彼女の顔が大きく迫る。

大きく開いた口が、視界の半分くらいを塞《ふさ》いでいる。そんな近距離《きんきょり》。ミントの香《かお》りの荒《あら》い息が、あたしの顔に吐《は》きつけられている。

でも胸倉を摑まれることはなかった。女の子同士で取っ組みあいの喧嘩《けんか》だとか、まったく絵にならないから、そこのところだけは助かった。

「空気読んでくださいよ！　あなたみたいに！　思ったことがぱっぱと行動できる人にはわからないんですよ！」

涼子《りょうこ》――あんたも大概《たいがい》、ぱっぱと行動できちゃえるほうよね。

そんなことを心の隅《すみ》で思いながら、あたしは黙《だま》って、彼女に罵《ののし》られていた。

罵られるぐらいのことは――したと思う。謝らないけど。

ぜえぜえと、荒い息がつかれている。

あたしの前に立つ彼女は――涼子は、だいたいのことを叫び終わって、荒い呼吸を繰《く》り返すばかりとなっていた。

目にはいっぱいの涙。

あたしと同じで、ぱっぱと行動できちゃえるタイプでも、そこだけは、あたしとだいぶ違っている。

「あああああ！　腹が立つ！」

突然《とつぜん》、涼子がそう叫んだ。

うっわ。また点火したっ！　再燃したっ！

こんどは胸倉摑まれる？　殴《なぐ》られちゃう？

あたしは、びくっとなって、身構えた。

ああああああ！
ひっ！
腹が立つ！
あーびっくりした
びっくりした
びっくりしたー
もうっ！
本当に腹が立つ！

バレンタイン当日PARTⅡ④

「ああああ！　腹が立つ！」

私は大きな声で、そう叫んだ。

「本当……、腹が立つっ！」

許せない。許せない。本当に腹が立っていた。

私が腹を立てているのは――。

「――あんだけ偉《えら》そうにお膳《ぜん》立《だ》てしておいて、いざ失敗したら、人のせいにしてる」

私はすべてを涼宮《すずみや》さんのせいにしようとしていた。

「自分に腹立つ」

私が腹を立てていたのは、自分に対してだ。

朝倉《あさくら》涼《りよう》子《こ》。このずるい女に対してだ。

――失敗して、誰《だれ》かを悪者に仕立てあげて、それで自分は悪くないというふりをして、そんな自分が情けなかった。腹が立った。

いや、この場合、自分も悪くないんだけど――。誰かが悪いわけでもないのだけど――。

「う……、あ……、うえええええーん……」

「おー、よしよし、いい泣きっぷりね」

自分が泣いていることに気がついたのは、涼宮さんに、そう言われてからだった。

やだ。私っ、泣いてるっ。

気づいたところで涙は止まらない。喉《のど》から迸《ほとばし》る声も止まらない。

「あうわうえあうあおおおわうあううええ」

なんだかわけのわからない嗚咽《おえつ》が洩《も》れる。

涼宮さんの手が、私の頭をずっと撫《な》でてくれていた。その手の感触《かんしょく》は、意外なほど、優《やさ》しくて……。

そのせいで、ぜんぜん止まらない。私はますます泣きじゃくった。

涼宮さんにすがりついて泣いていた。

何秒か、それとも十何秒だったのか、あるいは何十秒だったのか……。

私は涼宮さんの胸にすがりついて、泣き続けた。

＊

「もう……。なんであたしがなぐさめてんの？」

涼子の頭をなでなでとやってあげながら、あたしは、そうぼやいていた。

さっきまで悪者にされて罵られていたはずなんだけど。

まあ、それは涼子自身も自分でわかっていたわけで……。泣いているのは、そんな自分に怒るやら腹立つやら情けないやら、あれやこれがごちゃまぜになったからで、それで泣けるのは——ようするに、純粋《ピュア》だからで。

なでなで。

「うう……」

涼子がようやく泣きやんだ。

と。思ったら——。

「うがあああああああああああ！」

涼子が突然、怪獣《かいじゅう》みたいに叫《さけ》びはじめた。

なに！　なんなのっ⁉　やっぱりなぐられんの⁉　あたしっ⁉

「——っしゃあああああああああ！」

とても美少女らしからぬ顔で、涼子は咆哮《ほうこう》をつづける。

「よしっ！　自分のぶんはいっぱい反省した！　つぎっ！　失敗しないようにすればいい！　許す！」

すごい。許した。

涼子は自分を許しおわった。叫んで爆発《ばくはつ》して、それは自分なりの儀式《ぎしき》のようだった。

「ぷ」

あたしは思わずふきだしてしまった。

「いいわね。それ」

いつか使わせてもらうかもしれない。

すっかり立ち直った涼子と、二人して、有希《ゆき》の捜索《そうさく》を再開する。

夕日に照らされてオレンジ色に染まった校舎に沿って、二人して歩いた。

「頭、すっきりして……、考えてみたら、長門《ながと》さんも悪い」

「なによ？」

「だってそうよ。魔王《まおう》がヒロイン連れさろうとしているのに、逃《に》げる勇者がどこにいるの」

「あたしが魔王かいっ」

そしてキョンがヒロインかいっ。

「いくら気弱だからって、逃げちゃいけない時だってあるはず。廃部《はいぶ》の一件で成長したと思ったのに……私は長門さんに自分の理想を押しつけすぎてるのかしら」

つぶやくくらいの大きさで言われたひとりごとを、あたしは、聞こえないふりをした。

長門さーん？　長門さーん？
いませんかー？
涼子。いくらなんでも
側溝のなかには
いないと思うわよ
長門さん狭いところに
ハマってることあるから……
そ、そうなのっ？
長門さーん？
長門さーん！

バレンタイン当日PARTⅡ⑤

いた。長門《ながと》さん。

涼宮《すずみや》さんと二人で捜《さが》し歩いていた私は、ようやく長門さんを見つけた。グラウンド脇《わき》の長い階段。その途中《とちゅう》の段に、長門さんは腰掛《こしか》けていた。下を向いて——。うつむいて——。

「うおおおお！」

長門さんの姿を見た瞬間《しゅんかん》、私はもう、止まれなくなっていた。野太く叫んで突進《とっしん》していった。

涼宮さんには、さっき見られちゃったから、もう平気。

「長門さん！」

彼女の前で立ち止まって、大きな声で叫ぶ。

「はい……」

彼女の顔は、あんまり悪びれていなかった。そこにすこし違和感《いわかん》を感じはしたものの、私は思いの丈《たけ》をまくしたてた。

「はい、じゃないですよ！　こんなとこでなにしてるんですか！　もうっ！」

長門さんに詰《つ》め寄った。

ごごご、と、オーラを発する。

「あっ……」

私の怒気《どき》は長門さんに伝わったらしく、彼女はうつむいて、もごもごといいわけをはじめる。

「いや、その……」

「涼宮さんがチョコ渡《わた》しているのを見て、怖《お》じ気づいちゃいましたか？」

「え？　なんで知って？」

そう問いかけてきた長門さんだったが、私の後ろに視線をやって――。

「あっ……」

長門さんが、涼宮さんの姿に気がついた。長門さんの目が涼宮さんを捉《とら》えていることを確認《かくにん》してから、私は言った。

「それがなんだっていうんですか！　そりゃ他《ほか》の人だってチョコ渡しますよ。あたりまえでしょう。だってそういうイベントなんですから！　そういう日なんですから！」

私は気持ちをすべてぶちまけた。

「いちいち怒《おこ》ったりへこんだりしてたら、キリないですよ！」

魔王から逃げだしてしまった長門さんに、立ち直って欲しかった。

長門さんは、きょとんとした顔で聞いている。私は自分の言葉が伝わっていないと思って、ますます強く、長門さんに言う。

「なんで逃げ出すんです！　こんな簡単に投げ出せるほど軽い気持ちじゃないでしょう！」

長門さんがどれだけの想《おも》いを込めてチョコを用意したのか――。

私は知っている。私だけが知っている。

逃げ出さない――と、長門さんにそう約束して欲しかった。決して諦《あきら》めないでいて欲しかった。

「どうなんですか……」

本心を聞きたくて――私は答えを迫《せま》った。

長門さんは――。

きょとん、と、小首を傾《かし》げた。

「チョコ、渡すよ？」

「え……」

「はい？」

私と涼宮さん。思わず、そんなつぶやきがシンクロした。

「もちろん諦めてないよ？」

「いや、でも、だって……。チョコ放《ほう》りだして、逃げた……でしょう？」

私はそう問いかけた。

でも。だって。……ねえ？

「チョコ？　チョコなら……ここ……に？　あれあれっ？」

長門さんは自分の体中をぽこぽこと触《さわ》りまくった。

そしてようやく、持っていないということに気がついて……。

「チョコ……落としたみたい」

さーっと真っ青になってゆく。

「さがしてくる！」

駆《か》け出して行こうとした長門さんの手を——涼宮さんが、はっしと摑《つか》まえる。

「チョコなら、ここよ」

「え？」

「ほら」

涼宮さんが、長門さんの顔に、チョコを押しつけるようにして手渡《てわた》した。

ふえっ？
な、なんでチョコが――？
落としたのを、
持ってきてあげたのよ
あ、あのっ……、
あ、あり……
ストップ。お礼はいいから。
そのかわり――

バレンタイン当日PARTⅡ⑥

「一つ、質問するわよ」

あたしは有希《ゆき》の顔にチョコを押しつけながら、そう言った。

「へ？」

涙目《なみだめ》になって鼻を押さえながら、有希は言う。あたしは彼女がちゃんと聞いているのを確認してから、かねてからの疑問を口にした。

「チョコ、渡す気があるならさ。じゃあ、なんであのとき、部室から出て行ったの？　逃げたんじゃなかったら、なんだったの？」

涼子《りょうこ》は逃げたと決めつけていたが――それは勘違《かんちが》いだとわかった。

なら、本当の理由は？

「え？　だって……」

有希は目をしばたたいて、あたしを見つめる。

真摯《しんし》で真面目《まじめ》で、そして純粋な顔で――。

「ああいうのは二人きりで渡したいよね？　私、邪魔《じゃま》しちゃったから、慌《あわ》てちゃって……」

まいったわね。これは。なにかあるだろうとは思っていたけど。こんな理由だったとは。

「なんだそりゃ……」

思わずつぶやきにも出てしまう。

「なんで自分の恋路《こいじ》の邪魔してる相手にまで気を遣《つか》っているのよ？」

そう。あたしには邪魔をしている自覚はあった。あたしは我慢《がまん》しない主義だからだ。

「邪魔なんて……」

有希はもじもじとしていた。きっと彼女は、邪魔をされているなどと、考えたこともないのだろう。あたしは瞬時《しゅんじ》にそのことを理解した。

「私だったら……自分が渡してるとき、他の人がいたら、きっと凄《すご》く恥《は》ずかしいし……」

だから席を外したのだ。

キョンにチョコを渡しているあたしのことを慮《おもんぱか》って、彼女は遠慮《えんりょ》してくれたのだ。

ちょっと信じられないことだけど……。あたしは無論、彼女をよく知る涼子にとっても、発想の外にあったようだけど……。

彼女は――長門《ながと》有希という少女は、そういう娘《こ》なのだった。

あたしは呆《あき》れた。そしてちょっと好きになった。この娘。おもしろい。

「あっ、あの……」

「なに？」

彼女がなにか聞きたそうな顔をしている。あたしは一瞬《いっしゅん》で心の準備を終えた。

いいわよ。なんでも聞いて。今度はあんたのターンよ。

「えと……」

彼女は言い淀《よど》んでいる。ええい。クロックが遅《おそ》い。早く言いなさいよ。

あたしは待った。彼女が自分の速度で、問いを口にするのを、ずっと待った。

「好きなの？　彼のこと」

あたしは……。正直、悩《なや》んだ。まさかそれを聞かれるとは思わなかった。

まだどこかで彼女を――有希のことを、舐《な》めてたのかもしれない。

ド直球でそれを聞かれるなんて。聞いてくる娘だったなんて。

あたしは――。どうなんだろう？

言えば――。それを口にしたら、それは、本当になってしまう気がした。だから嘘《うそ》じゃない〝本当の気持ち〟を答えなければならない。

あたしは有希の顔を正面から見つめた。

そして〝本当の気持ち〟を口にする。

「そうね。嫌《きら》いじゃないわ」

有希の顔に、わずかな驚《おどろ》きがあったことが、あたしには大変心地《ここち》がよかった。

「――で？　あたしの気持ち、知ったうえで、どうするの？」

あたしはそう聞いてやった。こんどはあたしのターンよ。さあ困れ。有希っ。

「どうもしません」

有希はなんと――微笑《ほほえ》みを返してきた。そしてあたしに言ってくる。

「――次は私の番ですね」

あっらー。あたしのターン。もう終わっちった。

「ごめんなさい。長門さん。勝手に勘違いしてひどいこと言っちゃって……」

涼子が有希に謝っている。ふふっ。あれはきっと、有希の成長にびっくりしている顔。

「ううん。いいよ」

有希が首を横に振《ふ》って涼子を許す。傍《そば》で聞いていても、涼子はだいぶひどいこと言ってたけど……。うん。有希は、いい娘、いい娘。

「おーい」

そこでキョンの声が聞こえた。

女の子の問題が一通り片付いたところで――。あいつがようやくやってきた。

遅い。――いやちょうどいいのかな。これは。

いたか……。長門……。
ああ見つかってよかった

朝倉とハルヒも……

大丈夫かな。長門

てゆうか。俺。
行っていいのか？

いや。行くべきだな。
行くしかないな

バレンタイン当日PARTⅡ⑦

「おーい」

あの人が駆けてくる。どきん、どきんと心臓が高鳴った。

「さて、邪魔者《じゃまもの》は退散しますか」

「ええ」

涼宮《すずみや》さんと朝倉《あさくら》さんが、そう言って、歩きはじめる。

「有希《ゆき》、がんばんなさい」

振り向きざまに、涼宮さんがそう声をかけてくれた。

「うん……っ」

私は力強く——うなずいたつもりだったんだけど、ぜんぜん弱々だった。ぎくしゃくと顎《あご》を上下させるだけに終わってしまった。

涼宮さんと朝倉さんは、あの人とすれ違《ちが》った。すれ違いざまに会話が交《か》わされる。

「遅《お》っそい」

「悪い」

「追って来ただけ偉《えら》いわよ」

朝倉さんは叱《しか》りつけて、涼宮さんは褒《ほ》めている。でもたぶんどちらの言葉も同じ意味。

「長門《ながと》は？」

「一緒《いっしょ》にいてあげて」

「わかった」

「よろしくね」

すれ違いざまの、短い会話が交わされる。阿吽《あうん》の呼吸《こきゅう》というやつなのかな。朝倉さんとあの人とは、ほんのわずかなやりとりで了解《りょうかい》を成立させた。

聞こえてはいたけども。どんなニュアンスがそこで交わされていたのか、私には、ちょっとわかりかねる。

朝倉さんと涼宮さんが立ち去って、完全に見えなくなってしまった。

そしてあの人が……。あの人が……。あの人があっ……！

来たあああぁぁぁーっ！

私は彼と向かいあって立っていた。

彼の顔をまっすぐに見ることができなくて、うつむいてしまっている。たぶん顔は真っ赤。自分でもよくわかる。

「長門。悪いっ。俺、いまいち状況《じょうきょう》わかっていないんだが……」

「さ、さっきのは……、なんでもないのっ。いきなり飛び出しちゃってごめんなさい。大げさに驚いちゃって……、朝倉さんたちにも迷惑《めいわく》かけちゃった。本当にごめんなさい」

朝倉さんは「逃《に》げた」って言っていたから……。きっと私は、突然《とつぜん》、逃げ出したように見えたはずだ。だから心配して追いかけてきてくれたんだ。あの人は——彼は。

「い、いや……それはべつにいいんだが」

彼は横を向いている。気まずそうな顔をしている。

私は彼の顔をじっと見上げていることに気がついた。さっきまでは恥ずかしくて、その顔を見ることができなかったのに。いまは正面から見ていられた。彼のほうが逆に視線を外している。

私は後ろ手にチョコを隠《かく》し持っていた。包装紙の感触《かんしょく》が指先に伝わってくる。その冷たさが、私を正気に留《とど》まらせてくれている。

渡《わた》すなら……。いましかない。いましかないんだ。

朝倉さんも涼宮さんも、私を彼と二人きりにしてくれた。

「さて……戻《もど》るか」

彼が言う。

「え？　あっ……」

私は、なんで？――と、そう思った。

まだ渡してないよ？

あっそうか。そうなんだ。彼は私の様子が変だから追いかけてきてくれたわけで……。

それは彼の優《やさ》しさで……。

でも彼は、いま私がこういう気持ちでいるってことは、知らないわけで……。

「そう……だね」

「行こう」

彼が階段を上りはじめる。

「待って」

私は彼の制服の袖《そで》を引っぱった。自分から行動することが必要だった。

袖がぴんと伸《の》びきって、彼が立ち止まって、振り向いてきて――。

「あの……、これ……」

私は、チョコを突《つ》き出した。

「これ……、もらって……くださいっ」

そうお願いすることが、私にできる――せいいっぱいだった。

うえっ？

うあっ？

おっおいっ？
これって？

えええええ。マジかっ!?

なんと。いやさすがに。
きてるぞこれは

バレンタイン当日PARTⅡ⑧

「これ……、もらって……くださいっ」

正直に白状しよう。俺はまさか自分がチョコをもらえるとは思っていなかった。ハルヒからもらったときにも、かなり意外だったが……。まさか長門《ながと》からもらえるとは。しかも長門が差し出してきているこれは、既製品《きせいひん》かつあからさまな義理チョコといった趣《おもむき》などではなく、きちんとラッピングもされた手作り感溢《あふ》れるもので——って。

長門が差し出してきているそのチョコは——さっき部室でハルヒが拾いあげていた箱と同じだった。端《はし》も潰《つぶ》れているから同じ箱に間違《まちが》いない。

そのことに、俺は、たったいま気がついた。

ああ。馬鹿《ばか》だ。俺は。とんだ間抜《まぬ》け野郎《やろう》だ。

長門の様子がおかしかったことには気がついていた。だが飛び出していった理由に関しては、いまのいままで、気がついていなかった。

いったいどれだけの気持ちで、長門は、このチョコを——。

いまもこうして、ぷるぷると小動物みたいに震《ふる》えて——。震えて……？　あれっ？

長門はぷるぷると震えていた。半泣きになっていた。

「あっ！……悪いっ！　固まってた」

俺は手を伸ばすと、しっかりと受け取った。

長門は「もらってください」とそう言っていた。受け取ってもらえるのか、それとも、受け取ってもらえずに断られてしまうのか——何秒間ものあいだ、長門にはつらい時間を過ごさせてしまった。

「ありがとう、ございます」

頭を下げて、俺はそうお礼を言った。ありがとうと言うべきなのは、こちらのほうだ。

「こっ、こちらこそ！　あっ、箱ちょっと……、へこんじゃって……、ごめんなさい！」

長門はあたふたとしていた。そんなことはまったくなにひとつ気にしないぞ。

「開けてもいいか」

「え？　あ……、どうぞ」

長門の許可を得て、俺はその場でラッピングを外した。箱を開ける。

「おお。手作り」

見た目からして、手作りっぽかったが……。やはり手作りだった！　すげえ！

「う、うん、朝倉《あさくら》さんに手伝ってもらって……。でも溶《と》かして形変えただけだから、手作りと呼んでいいか……。あっ！　そのかわり！　ちゃんと市販《しはん》のチョコの味だよ！　美味《おい》しくないことはないと思う！　え？　あれ？　これは言わなくていいこと……かな？」

拳《こぶし》を握《にぎ》りしめて長門は力説する。セルフツッコミのオマケつきだ。

立ち話もなんなので、俺たちは、ベンチとテーブルのある場所に移動した。

「よっし！　じゃ、さっそく！　一つ食べてみるか！」

俺はことさらに軽い口調で、そう言った。

じつのところ、俺はかなり緊張《きんちょう》していた。もしも手作りチョコなどという物体をもらって緊張せず、自然に振る舞《ま》える男子がいたとしたら、きっとそいつは全男子の敵だ。

俺まで緊張していたら、長門はもっと緊張してしまう。だから俺は、あえて努めて明るく不自然なほどに軽く――つまり具体的にいえば、谷口《たにぐち》あたりを見習って行動していた。

「ええっ!?」

長門はいまこの場で食べるという宣言に驚いている。

「……食べちゃだめなのか？」

「あ！　いや……ダメじゃない……、ダメじゃない、よ……。でも！……うー」

長門は顔を手で覆《おお》った。でも手の指の合間から、しっかりとこちらを見ている。

食べづらいのだが。長門。

俺がチョコの一つをつまんで、口元に運ぶと――。

「う……。あ……。恥《は》ずかしい……」

長門は顔を真っ赤にする。

「よし、決めた！」

自分のためというよりは、長門のために――俺は決断した。

「……俺は食うぞ。いいな？　止めるなら、いまのうちだぞ？」

長門に対して、そう宣言をする。

「一〇カウントで食うからな。――一〇！」

「ええっ？　あう……、どうしよ、どうしよっ……」

「九八七六五四三二一〇！　おしっ！　時間切れ！」

俺はチョコをぽいと口の中に放《ほう》りこんだ。長門に心の準備をさせないための作戦だった。

「どう……かな？」

「ああ！　うまかった！　改めてサンキューな。――長門！」

正直、味なんかわからなかったが――俺は、にかっと笑った。

「うん。よかった……」

長門は下を向いて、照れ照れの笑顔《えがお》で、そう言った。

ほら。いつかのお返しだ。
ホワイトデーだからな
わっ……。ありがと……。
すごく嬉しい
ほれ。ハルヒも
んー。完全一致
なんだよ？　ああわかったぞ。
すこしでもデカいほうが
よかったのか。残念だな
完全に同サイズだ
ばか。ほんとばか

いつもの文芸部

いつもの放課後。いつもの文芸部の部室。

厳しい冬も去っていって、だんだんとぽかぽかしてきた、とある新学期の放課後――。

長門《ながと》、朝倉《あさくら》、キョン――と、北高オリジナル部員だけで、本を読んだりゲームをしたりと、〝部活動〟に励《はげ》んでいると……。


「よーっす！」

ばーん――と、壊《こわ》れてしまう心配をするほど、ドアが勢いよく開かれた。

北高文芸部ミステリー部員の二名。涼宮《すずみや》ハルヒと古泉《こいずみ》の二人が部室に入ってくる。

ちなみに〝よーっす〟というのは、文芸部独特の挨拶《あいさつ》であった。

この挨拶は、なにかの省略系なのではないかと、キョンは独自の仮説を持っていた。

「おはようございます」が、「おはよーっす」となり、「よーっす」となったのだという仮説である。だがまったく推測の域を出ない。

「おまえら学年あがっても来るのかよ」

隣《となり》に座ってくる古泉に、キョンはそう言った。

「そのようです」

古泉のやつは、いつものハンサムスマイルで返してきた。「それは涼宮さんの決めることですから」とでもいう顔だ。

そのハルヒはといえば、長テーブルの上座にあたる窓際《まどぎわ》で、腰《こし》に手をあてて〝演説〟をぶっているところだった。

「あたしたちも晴れて二年となったわけだけど！　さらなる親睦《しんぼく》および団結をはかる必要があるわよね？」

なぜどんな必要があるのか、はなはだしく疑問であったが、ハルヒは自明の理とばかりにふんぞり返っている。おそらくこのまま演説を聞いていたとしても、満足のゆく説明が行われる可能性は、限りなく低いだろうと思われる。

「長門さん。ちょっと目が近いですよ。もー」

いつものように長門はゲームに夢中だ。ぜんぜん聞いちゃいない。

朝倉お母さんが気にしているのは、我が子の視力の低下である模様だが――。眼鏡がないと歩けない人間の視力を、いまさら気にしたところで、すでに手遅《ておく》れなのではなかろうか？

キョンはゲームに夢中の長門をぼんやりと見つめていた。眼鏡の下で小刻みに動く視線の動きをレンズ越《ご》しに眺《なが》める。

二か月ほど前のこと。

誰《だれ》もが気にしているが誰もが気にしない風を装う、三学期のど真ん中に襲来《しゅうらい》してくる、とあるイベントの日において——。キョンは長門からチョコレートをもらった。

一か月後の同じ日には、もらった者の、まあ当然の義務として——クッキーを返した。

それ以来、なんとなく目で長門のことを追いかけていることが多いような気がする。自分で気づくことがたまにある。

だがまあ、それだけのことである。べつに他《ほか》にどうということもない。

あの日のあれは、まあ——友人としての意味だったのではないかと、そう思っている。

べつに友人にだって贈《おく》るだろう？　手作りのチョコくらい。

なあ。そうは思わないか？

「そこ！　聞いてんの!?」

「聞いてるよ」

頰杖《ほおづえ》をついて、ハルヒにはそう返す。

「そこでね！　あたしは考えたわけ！」

じつのところまったく聞いていなかったが、ハルヒは嬉々《きき》として話を続ける。楽でいい。

「もうじきゴールデンウィークがあるわけだし！　我が文芸部は！　その期間を利用し！　外に広く目を向けるときではないかと！」

「おい。ハルヒ」

「――なによ？」

「おまえの部じゃねーだろ」

「うっさい！　キョンうっさい！」

「キョン君も毎回律儀《りちぎ》に突っこむわねー」

朝倉が笑う。古泉も笑う。長門はゲームをしている。

「と！　そういうわけで！　合宿旅行に行くわよー！」

「どういうわけだ？」

「もう！　行くったら行くんだからね！　も！　決定したのよ！　決定！」

「あう……。負けちゃった……」

半泣きの長門が、そうつぶやく。

「有希《ゆき》がいちばん聞きなさいよ！」

文芸部はいつものように、ぐだぐだだった。

やれやれ。

あとがき

前々から「長門有希《ながとゆき》ちゃんの消失」という物語に注目しておりました。

「涼宮《すずみや》ハルヒ」という偉大《いだい》な作品から、もしも不思議要素がなかったら、どうなっていたのか……？

日常系のライトノベルを上梓《じょうし》している者として、常に考えつづけていたことでした。

もしハルヒから非日常がなかったら――。

もしハルヒの神様の力がなかったら――。

その「ＩＦ（もし）」を実現してくれていた物語が、「長門有希ちゃんの消失」という物語だったからです。

その物語のなかで、長門有希という少女は、「対有機生命体コンタクト用ヒューマノイド・インターフェース」ではなく、単なる一人の恋《こい》する乙女《おとめ》でした。非日常に属する異常な事件は起きず、いつもの日常があって、ＳＯＳ団ならぬ「文芸部」の部室があって……。

平和で幸せな世界で生きる、「彼ら」の平凡《へいぼん》かつ安逸《あんいつ》な生活がありました。

あったかもしれない「可能性」を、一人の読者として観《み》ることができて幸せでした。

そんなある日のこと。新木《あらき》のもとに、一通のメールが届きました。馴染《なじ》みの編集さんからです。「長門有希ちゃんの消失のアニメのノベライズなんですけど、やりませんか？」という内容です。

マジですか正気ですかアタマ大丈夫《だいじようぶ》ですか。新木伸《しん》にノベライズなんてできるわけないじゃないですか。こんなオレオレ主義の自分汁濃度《じるのうど》の高い人間が、他人様《ひとさま》の作品をうまくノベライズできるとか本気で考えてますか。ええたしかに朝倉涼子《あさくらりようこ》のフィギュアは机の上に飾《かざ》っておりますが。くるくる回転しておりますが。

なぜ新木のところに話がきたのかといいますと、4コマ小説で日常系の方向性でノベライズしようとしたときに、ただ単に、新木がこの業界における第一人者であった——という、それだけの理由です。なにしろ4コマ小説書いてるの一人しかいませんからっ！

ここでカミングアウトしますが。新木はじつはノベライズのお仕事は、今回が初めてです。他人のキャラを動かして小説を書くということも、じつは初めての経験です。

キャラをこんなにはっちゃけさせちゃっていいのか……？　古泉《こいずみ》に変顔させるとか、いいのかなー、と、悩《なや》み、苦悩《くのう》しつつ、結局は、悪ノリしてしまいましたーっ！

原作者である谷川流《たにがわながる》さん、ぷよさん、アニメのスタッフの方々。キャラを遊ばせまくったこの作品を出させていただきまして、その太っ腹に感謝いたします！　書いてて、すんげー楽しかったですっ！

あとそうだ。４コマ小説に関して、少々、ご説明させていただきます。一話が４ページ均一という珍《めずら》しい構成に、驚《おどろ》かれた方もいらっしゃるかと思います。これはガガガ文庫刊の「ＧＪ部《グッジョぶ》」などでおなじみの「４コマ小説」という形態です。アニメにもなりましたので名前自体はご存じの方もいらっしゃると思います。そのＧＪ部の原作小説は、じつは、こんな読書感覚の「４コマ小説」だったのです。

もし、こういうものを「面白《おもしろ》いな」と思っていただきましたら、他の４コマ小説も手にとっていただけると幸いです。

最後に、著者サイトのお知らせです。次作に繋《つな》がるアンケート活動を主としつつ、創作裏話、業界裏話のコラムなど、いろいろやっております。

アンケートご協力おねがいしまっす！　参考にさせていただきますっ！

スマホやフィーチャーホンの方は、こちらのバーコードからどうぞ。

パソコンの方はこちらのＵＲＬからどうぞ。

http://www.araki-shin.com/araki/nagato1.htm

※口絵、本文に使用した設定画は、
ＴＶアニメ「長門有希ちゃんの消失」のために制作されたものです。
※口絵に使用されているカラー設定は、本編とは少し異なります。
（キャラクターデザイン／伊藤郁子）

長門有希《ながとゆき》ちゃんの消失《しょうしつ》　とある一日《いちにち》

著　新木《あらき》 伸《しん》
原作漫画　ぷよ
原作　谷川《たにがわ》 流《ながる》
キャラクター原案　いとうのいぢ

角川スニーカー文庫　19098
2015年4月1日　初版発行

発行者　堀内大示
発行所　株式会社KADOKAWA
〒102-8177 東京都千代田区富士見2-13-3
電話　03-3238-8521（営業）
http://www.kadokawa.co.jp/
編　集　角川書店
〒102-8078 東京都千代田区富士見1-8-19
電話　03-3238-8694（編集部）
印刷所　旭印刷株式会社
製本所　株式会社ビルディング・ブックセンター

Printed in Japan　ISBN 978-4-04-102896-4　C0193

★ご意見、ご感想をお送りください★
〒102-8078 東京都千代田区富士見 1-8-19
株式会社KADOKAWA　角川スニーカー文庫編集部気付
「新木 伸」先生 ／「ぷよ」先生
「谷川 流」先生 ／「いとうのいぢ」先生

角川文庫発刊に際して

角川源義

第二次世界大戦の敗北は、軍事力の敗北であった以上に、私たちの若い文化力の敗退であった。私たちの文化が戦争に対して如何に無力であり、単なるあだ花に過ぎなかったかを、私たちは身を以て体験し痛感した。西洋近代文化の摂取にとって、明治以後八十年の歳月は決して短かすぎたとは言えない。にもかかわらず、近代文化の伝統を確立し、自由な批判と柔軟な良識に富む文化層として自らを形成することに私たちは失敗して来た。そしてこれは、各層への文化の普及滲透を任務とする出版人の責任でもあった。

一九四五年以来、私たちは再び振出しに戻り、第一歩から踏み出すことを余儀なくされた。これは大きな不幸ではあるが、反面、これまでの混沌・未熟・歪曲の中にあった我が国の文化に秩序と確たる基礎を齎らすためには絶好の機会でもある。角川書店は、このような祖国の文化的危機にあたり、微力をも顧みず再建の礎石たるべき抱負と決意とをもって出発したが、ここに創立以来の念願を果すべく角川文庫を発刊する。これまで刊行されたあらゆる全集叢書文庫類の長所と短所とを検討し、古今東西の不朽の典籍を、良心的編集のもとに、廉価に、そして書架にふさわしい美本として、多くのひとびとに提供しようとする。しかし私たちは徒らに百科全書的な知識のジレッタントを作ることを目的とせず、あくまで祖国の文化に秩序と再建への道を示し、この文庫を角川書店の栄ある事業として、今後永久に継続発展せしめ、学芸と教養との殿堂として大成せんことを期したい。多くの読書子の愛情ある忠言と支持とによって、この希望と抱負とを完遂せしめられんことを願う。

一九四九年五月三日